No one belongs here more than you

非你莫屬

米蘭達・裘麗 /著
Miranda July

九九、趙丕慧/譯

〈各界好評〉

令人贊歎的「裘麗風」！

這些故事無比迷人，寫的很高明，經常還有令人捧腹的幽默，甚而在十幾處頗耐人尋思。米蘭達．裘麗是位很眞的作家，是小說界近年來少見的原創聲音。蘿莉．摩爾的書迷應該要頂禮膜拜——她在幽默與悲愴間找到了絕佳的平衡。許久不見這麼令人愛不釋手、潛力無限的一本處女作了。

——「麥斯維尼出版社」創辦人大衛．艾格斯（Dave Eggers）

一個女人在自家客廳裡開課教游泳？你沒搞錯！米蘭達．裘麗在這些絕對原創的故事裡能讓任何事都變得正常。喜劇出現的時機她掌握得恰到好處，而且對人性寬容以待。說不定最高明的地方還在於讓你經常在出其不意的時候找到歡喜。

——美國短篇小說家愛咪．漢波（Amy Hempel）

這些可喜的故事達到了說故事技巧中最基礎卻也最罕見的一點：出奇不意。跳脫了司空見慣，單純的寫實，而直逼本質，並且以獨一無二的溫情與驚歎做到了這一點。容我發明一個新詞「裘麗風」，亦即灌注了對世間情事的贊歎。

——《教條國》（*In Persuasion Nation*）作者喬治．桑德斯（George Saunders）

Contents

目錄

The Shared Patio

天井裡

悲傷時你應自問：「我為何悲傷？」

事情發生的時候，他已經失去意識，不過一切仍然算數，而且更加算數。因爲意識經常犯錯，讓人愛上不該愛的人。不過，既然已經身在黑漆漆的千年古井底，就實在沒什麼理由再犯錯了。神叫你做，你就做。叫你愛她，你就愛她。他叫張文森，我的鄰居，一個韓裔美國人，不過他不會打合氣道。一講「韓國人」，有些人馬上想到成龍的南韓合氣道武術指導金振八，但我想到文森。

你生命中發生過最可怕的事情是什麼？跟汽車有關？場景在船上？動物幹的好事？以上三個問題，如你有任何一題答案爲「是」都不讓人感到意外。人可能發生車禍，可能發生船難，而動物，本來就很可怕。幫幫忙，跟這些東西保持距離。

文森的太太名叫海蓮娜，希臘人，金髮，不過是染的。我本來想禮貌點，略過「是染的」這句，但我認爲她才不怕人知道，事實上，她恐怕正希望大家看出染過的痕跡，特別是那段露出的髮根。有時我想，如果我們成爲好朋友呢？說不定我會跟她借衣服穿，而她會說，妳穿比較好看，給妳吧；又說不定，她會哭著打電話給我，然後我到她家安慰她，兩個人關在廚房裡，文森想進來，我們會說：「我們女生講悄悄話，走開！」我在電視上看過類似的劇情：兩個女人在廚房裡講些內衣被偷之類的事，有個男人走近，她們就說：「我們女生講悄悄話，走開！」但是海蓮娜跟我不可能成爲閨中密友，原因之一是我只有她一半高。人通常只跟自己身高差不多的人往來，這樣脖子比較輕鬆。除非彼此間有曖昧關係，這時候，身材尺寸的差異就顯得很性感，也就是所謂的「身高不是距離」。

悲傷時你應自問：「我爲何悲傷？」然後拿起電話，打給某人，把你的答案告訴他或她。若你無親無故，就打給接線生。大部分的人不知道接線生有聽電話的義務，但此事法有明文。就像郵差其實不許進你家門，但你可以在屋外的公領域裡跟他聊個四分鐘左右，或聊到他想走爲止。

當時，文森在天井裡。我來解釋一下，這是個公用天井，但你會覺得它屬於文森跟海蓮娜，因爲它正對著他們家後門。我搬進來時，房東告訴我天井由樓上跟樓下房客共享。我住樓上。房東說，「妳付的房租和他們一樣。」要我別害羞，儘管用。但我不知道他有沒有跟文森夫妻倆解釋過天井是大家的，我曾經試著表示這塊地方我也有分，例如偶爾把自己的東西留在那兒，一雙鞋，或有一次是復活節掛的小旗子。我也盡量在那兒消磨跟他們等長的時間，這樣我就能確定彼此公平享用福利，沒人吃虧。只要發現他們在天井，我便在月曆上做個記號；下次一看天井沒人，我就趕快去那兒坐著，然後在先前的記號上打個叉。有時我的使用時數會落後，那樣就得在天井裡多多補坐，這樣，到月底時才能打平。

當時，文森在天井裡。我來解釋一下，他是標準的「新好男人」，你可能已經在上個月的《眞相》雜誌裡讀過那篇講「新好男人」的文章：他們比女人還善感，而且會哭；他們想要小孩，渴望生兒育女；有些新好男人甚至會因自己無法懷孕、無法親自生養小孩而哭；新好男人總是付出付出再付出。文森就是這樣，一次我看見他在天井裡幫海蓮娜按摩，這有點諷刺，因爲他才是需要按摩的那一個：文森罹患輕微的癲癇症。這是剛搬來時房東告訴我的，以防萬一的意思。新好男人通常纖細脆弱。此外，文森是美術總監，這也是非常新好男人的工作。有次我們剛好同時出門，他告訴我他在一本名叫《揚舟》（Punt）的雜誌做美術總監，眞是很不尋常的巧合，因爲我在一家印刷公司當場務經理，我們有時也接雜誌訂單，雖然沒印過《揚舟》，但會印一本名字很像的雜誌：《向陽》（Positive）（註1），不過它其實比較像通訊刊物，提供給愛滋病患訂閱。

你生氣？捶枕頭吧。覺得滿足嗎？我看很難。現代人的憤怒已經無法捶兩下就解決了，你可能得用捅的。把一個舊枕頭放在前院草坪上，拿把又大又尖的刀，捅、捅、捅，一捅再捅。捅得那麼重，刀尖都吃進土裡；捅得枕頭都已經形消體散，你還繼續捅著地球，一捅再捅。像要殺了它，因爲它轉個不停；像一場復仇，因爲你得在這星球上活著，一日又一日，孤獨地活著。

當時，文森在天井裡。我這個月的天井使用時數已經落後了，因此，在接近月底時發現他又出現在那兒，讓我有點焦慮。然後我靈光一閃：對了，可以跟他一起坐。我穿上百慕達短褲，戴著太陽眼鏡，拎起防曬油——雖然已經十月，但我心裡還沒換季，仍然感覺身在夏天。不過，事實上外面風眞不小，最後我得跑回家加件毛衣。幾分鐘之後，我又跑回家換下短褲。最後，我終於在天井裡，在文森身旁的戶外躺椅上坐定，一面盯著防曬油滲進卡其褲的纖維。他開口說自己一向喜歡防曬油的味道。這種表達理解的方式眞是非常優雅。優雅的男人，不折不扣的新好男人。

我問他雜誌社還好嗎？他講了件跟誤植有關的趣事。我們在同一業界，他完全不需要跟我解釋「誤植」就是「印刷上的錯字」的意思。如果海蓮娜此時出現，我們就得停止使用行話，她才能懂我們說些什麼，但她沒出現，她還在工作。海蓮娜是一名醫生助理，不過工作內容跟護士不盡相同。

我繼續問文森更多問題，得到的回答愈來愈長，長得都快碰到天上的飛機，我不必再問他話了，他自個兒滔滔不絕起來。一切完全出乎意料，就像週末時忽然發現自己正在加班那種感覺：我在這裡幹嘛？我的羅馬假期呢？我的舞影花都呢？都沒有，我只是另一個困在美國的美國人。此時文森終於停止說話，他斜眼望向天空，我猜，他正在爲

註1：「Positive」此處一語雙關，它有肯定、正向、積極之意，也有愛滋檢驗結果表示帶原的「陽性反應」之意。

我構思一個完美的問題，一個妙不可言、讓我瞿然而起的問題，要回答這個問題，我得援用關於自己的種種資訊、援用我所有的神話學知識、援用我對這黑暗世界的一切理解……然而，他只是以一段暫停強調自己前面的主題：封面設計的問題其實錯不在他。最後，他終於問了我一句什麼，他終於問了，他問：我剛剛跟妳說了這麼多，那妳覺得，封面設計的問題，錯在我嗎？我抬眼望天，試著自問感覺如何。我假裝這段沉默是爲了接下來的話做準備，而我將要對他說出藏在胸中的祕密喜悅，我要告訴他，我等了又等、等了又等，一直等著某個人發現，我雖然無甚可活，每天還是照樣醒轉起身，而我之所以醒轉起身，單純因爲我有一份祕密的喜悅，有一份神的愛，藏在胸中。我把眼光從天空中收回，與他四目交接，我說，這不是你的錯。我赦免他的封面，赦免他的一切，赦免他其實還沒眞正變成一個新好男人。我們雙雙墜入沉默，他不再問我任何問題。此時我仍然樂於坐在他身邊，但這只是因爲我對大多數人的期望很低，而他，現在已經變成了大多數人之一。

然後他冷不防地往前傾，停在一種不像人體能製造出來的角度。這可不是大多數人的舉動，更不是新好男人的舉動。這種事應該只發生在老頭子、老男人身上。文森？文森？我大喊：張文森！但他只是沉默地往前傾身，胸部幾乎抵上膝蓋，我跪下，望進他的雙眼，他的眼皮是張開的，但眼神是關閉的，像打烊的商店，燈火俱滅，鬼氣森森。

然而儘管在黑暗中，儘管他如此自私，我仍可看見他不久前曾擁有的明亮。《眞相》雜誌可能是錯的。這想法讓我腦中一黑，或許根本沒有新好男人，或許世界上只有活人跟死人兩種分別，而每個活人都活該，誰也沒有比誰強。我把文森的肩膀往後推，讓他在椅子上擺直，我對癲癇一無所知，但在我想像中應該抖得更厲害一點。我把他的頭髮從臉上撥開，將手探在他鼻下，感到陣陣輕微、平穩的呼吸。我將唇貼近他耳畔，再次低語：不是你的錯。或許這正是我一直想告訴誰的一句話，如同我一直希望誰來對我說這句話。

我拉開椅子，將頭靠在他肩膀上，儘管我因眼前發生的事受到很大驚嚇，但我仍然睡著了。我爲什麼有如此危險又不合宜的行爲呢？眞希望我沒這麼做，但事實是我做了。我睡著了，夢見文森一邊跟我接吻，一邊慢慢將手滑入我的衣內，從他手掌彎曲的方式，可以發現我的乳房不大，如果它們再大些，他手的弧度就會鈍一點。他握住它們，似乎渴望已久，我忽然看清了萬事的本質。他愛我。他是個複雜、情緒充滿層次與感染力的人，這些情緒有的充滿靈性，有的則以比較世俗的形式受著折磨，而他爲我燃燒，這把複雜的存在之火屬於我。我捧住他滾燙的臉，問出那個困難的問題。

海蓮娜怎麼辦？

沒事的。她是專業的醫護人員，只要爲了健康，她們什麼都得做。

這倒是，他們發過希波克拉底宣言。（註2）
她會很傷心，不過基於這份宣言，她不會干涉我們。
你會把你的東西搬上我家來嗎？
不，為了遵守我們的結婚誓言，我得繼續跟她一起生活。
你們的結婚誓言？那希波克拉底宣言呢？
不會有事的，跟我們的事比起來，其他的都不重要。
你眞心愛過她嗎？
不盡然。不。
那我呢？
愛。
就算我有氣無力奄奄一息？
說什麼傻話，妳是個完美的小東西。
你看得出來我很完美？
從妳的一舉一動都看得出來，我常看妳睡前將臀部靠在浴缸邊上盥洗的樣子。
你全看見了？
每晚都看見。

我只是以防萬一。

我知道，不過妳睡覺時不會有人入侵妳的。

你怎能確定？

因爲我會看守妳。

我以爲要到死才能等到這一切。

從現在開始，我屬於妳。

不論如何都屬於我？就算你跟海蓮娜在一起？而就算我只是樓上的矮女人，我依舊屬於你？

是的，儘管妳我將絕口不提此事，這仍是我們之間擁有的眞實。

我不敢相信這眞的發生了。

接著海蓮娜出現了，拚命搖撼我們兩個，文森還在沉睡，我懷疑他是不是死了？如

註2：Hippocratic Oath，Hippocratic爲古希臘名醫，被尊稱爲醫學之父，希波克拉底以此宣言表達行醫者的倫理規範。一九四八年世界醫學協會以Hippocratic原誓辭爲基準，擬定了目前通行的「希波克拉底宣言」，內容爲：「我鄭重地保證自己要奉獻一切爲人類服務。我將要給我的師長應有的崇敬及感戴；我將要憑我的良心和尊嚴從事醫業；病人的健康應爲我的首要的顧念；我將要尊重所寄託給我的祕密；我將要盡我的力量維護醫業的榮譽和高尚的傳統；我的同業應視爲我的手足；我將不容許有任何宗教，國籍，種族，政見或地位的考慮介於我的職責和病人間；我將要盡可能地維護人的生命，自從受胎時起；即使在威脅之下，我將不運用我的醫學知識去違反人道。我鄭重地、自主地並且以我的人格宣誓以上的約定。」

果是，那他在夢裡那些話，是死前還是死後說的？如果是死後，可信度比較高。此外，我有罪嗎？我會不會因過失致死被逮捕？我抬頭望著海蓮娜，她像是一連串動作的集合體，穿著她的醫師助手服，所有動作讓我發昏，我閉上眼睛準備重回夢中，但海蓮娜大吼起來：他的癲癇什麼時候發作的？妳他媽的是在睡個屁？她以華麗的專業姿態檢查他的生命跡象，等到她眼神再度轉向我，我知道已經不需回答剛剛那些問題了，我自動變成她的助手，醫師助手的助手。她要我趕緊到她的公寓裡拿一只放在冰箱頂上的塑膠袋，我感激地奔進她們的公寓，關上房門。

屋裡非常安靜。我踮著腳尖越過廚房，將臉貼近冰箱，聞見他們生活中各種複雜的氣味。冰箱上貼著許多孩子的照片，那是他們的朋友，而朋友會生出更多朋友。這些孩子的照片……我從來沒看過這麼親密、私人的東西。我很想把手伸到冰箱頂上抓下那只塑膠袋，但又想仔細端詳每一張照片裡每一個小孩。有一個名叫崔佛，這禮拜他要辦生日派對，「拜託來嘛！」邀請卡上這樣寫著。「我們的歡樂會像鯨魚那麼大！」上面有一張鯨魚照片，一隻真鯨魚，一張真鯨魚的照片。我看進牠小小的、智慧的眼睛，心想，這眼睛如今安在？依然活著？還在游泳？死了很久？還是此時此刻正處於死亡邊緣？鯨魚死的時候，會緩緩沉入海底，幾乎要花去一整天，所有的魚都看著牠往下沉，像一座巨大雕像，像一幢建築，慢慢地，慢慢地沉。我將所有注意力集中在那只鯨魚眼睛，試著抵達它的深處，抵達一隻眞正的、瀕死的鯨魚體內，然後我悄聲說：不是你的錯。

海蓮娜把後門一摔走進屋內，越過我頭頂拿下冰箱頂上的袋子，她的胸部短暫地壓上我的背，然後又跑了出去。我轉過身，透過窗戶看著她，她正在幫文森注射，他醒了，她吻著文森，他揉著脖子，不知道他記得多少剛剛的事？現在她坐在他的膝上，手臂環著他的頭。我走過他們身邊的時候兩人都沒有抬眼看我。

《向陽》雜誌最有趣的地方，在於它絕口不提「愛滋」兩字，如果裡面沒有立妥威、希寧或衛滋之類的藥物廣告，你一定會認爲這是一本單純教人保持正面思考的雜誌，因此，它是我最喜歡的刊物，其他類似性質的雜誌之所以扶你起身，是因爲想把你打倒，但《向陽》的編輯們知道，你早就被一次又一次打倒了，根本不需要在諸如「你令人性致勃勃還是性趣缺缺？」之類的心理測驗上再被打倒一次。《向陽》會列出各種讓人感覺更舒服的方法，好比「哀綠綺思的小祕訣」這個單元，它就像所有的金玉良言一樣，給人一種「輕輕鬆鬆就能寫出來」的錯覺，但常識跟眞理應該讓人覺得是自明的，不出自任何人手筆，事實上，想要透過文字改善絕症病人的感受是很難的。而且《向陽》很有原則，你不能從聖經或什麼禪書裡抄些警句投給他們，他們要原創作品，目前爲止，我的投稿從沒被採用過，不過，我覺得已經距離不遠了。

你懷疑人生的意義嗎？你不確定生命是否值得活？那麼看看天空吧，它爲了你而存在。看看街上擦身而過路人的臉吧，他們爲了你而存在。這條街，這條街上的土地，地殼底下的大火球，都爲了你而存在。爲了你，也爲了其他人。所以，當你早上睜開眼睛，覺得自己孑然一身時，請站起來，面向東方，禮讚天空，禮讚天幕底下眾生內心的光芒。你可以質疑生命，但別忘了，你要禮讚，禮讚，禮讚。

The Swim Team

游泳隊

我們需要這個謊言，因為我們是四個躺在廚房地板上用力踢腿的人，踢得像是怒火中燒，像是正在發飆，像是絲毫不怕展現心中的失望跟挫折……

這是一個做你女朋友時我絕不會透露的故事。你那時真愛問，一問再問，腦中還有各種充滿細節的煽情猜想。妳被包養過嗎？貝維迪爾那邊的法律跟內華達一樣允許賣淫嗎？妳一年到頭都脫光光嗎？跟這些想像相較，實情顯得如此貧瘠，而我也知道，如果眞相讓你覺得無趣，我大概也當不了你女朋友多久了。

我從來不想住在貝維迪爾，但又不能忍受跟父母開口要錢搬家。那時每天早上睜開眼睛，一想到自己身處這個連小鎭都算不上的小鎭，就覺得不可置信。這裡有間加油站，加油站附近有幾棟房子，我住在其中一間，一哩外開了間商店，就這樣，沒了。那年我22歲，沒車，沒電話，每個禮拜給雙親寫信，跟他們說我正在參加一個由州政府資助的領航計畫，簡稱「樂讀」，內容是讀書給邊緣青少年聽。我從來沒擬定「樂讀」的正式全名該叫什麼，但每次寫到「領航計畫」四個字我都有點兒讚嘆自己，竟然能想出這些措辭。還有一個常用的也很棒：「早期療育」。

不過我接下來要講的故事不會太長，因爲那一年最神奇的地方就在於幾乎沒有任何事發生。貝維迪爾的鎭民都以爲我名叫瑪麗亞，但我根本沒說過我叫瑪麗亞，天曉得爲什麼變成這樣，而想讓全鎭的三個人改過口來簡直讓人筋疲力盡。這三個人的名字分別是伊莉莎白、凱爾妲與「傑克傑克」。我不知道爲何傑克要兩次，也不確定「凱爾妲」是否確實寫爲這三個字，反正聽起來是這樣，喊她的時候發出這幾個音節就沒錯。我因爲教她們游泳而相識，這是故事的關鍵——貝維迪爾附近根本沒有任何天然水域，也沒有游泳池。某日，我在商店裡聽到他們在談這件事，那時年事已高、現在恐怕已經作古的傑克傑克說，附近沒河沒湖什麼的根本沒差，因爲他跟凱爾妲都不會游泳，如果眞有的話說不定會淹死。伊莉莎白是凱爾妲的表姊妹之類的，凱爾妲則是傑克傑克的太太，三人年紀都至少八十了。伊莉莎白說，她還是小女孩時，有年到一個表親家（顯然不是凱爾妲）大游特游一整個夏天。而我之所以加入對話，唯一的原因是伊莉莎白聲稱游泳時得在水裡呼吸。

「不對啦！我大叫。」幾個禮拜來我第一次大聲說話，心臟怦怦跳得像正在邀誰出來約會似的。「你要閉氣啦。」伊莉莎白生氣地看著我，說只是開個玩笑而已。凱爾妲則表示自己可不敢閉氣，她有個叔叔就是參加閉氣比賽時憋太久憋死的。「妳不會把這事當眞吧？」傑克傑克問。「當然是眞的。」「妳叔叔是中風死的，凱爾妲，眞不知道妳打哪兒聽來這個天方夜譚。」

於是大家站在那兒，陷入一段沉默，我覺得有他們作伴很好，眞希望繼續下去，而願望成眞了，因爲傑克傑克問：「所以妳游過泳囉？」我告訴他們，我高中參加過游泳校隊，還一路打進州級賽，不過沒多久就被歐鐸主教高中——一所天主教學校——給擊敗了，他們好像對這故事很有興趣，我從來沒想過這段往事可資談助，但現在我發現，它確實是個引人入勝的故事，充滿了氯、戲劇場景以及各種他們不曾親身體驗過的事物，最後凱爾妲表示，大家這麼幸運，鎮上剛好有個游泳教練，她眞希望貝維迪爾有游泳池。我根本沒說自己是游泳教練，不過我知道她的意思，那令人有點兒心虛。

我垂眼盯著自己的鞋子，瓷磚地板搞不好幾百萬年沒洗過了，我忽然感覺自己快要死掉……然後怪事發生了，我沒死，反倒是開口對他們說：「那我教你們游泳吧，沒有游泳池也可以。」

大家每個禮拜在我的公寓聚會兩次。我會準備好三盆溫水，在地板上一字排開，並在它們對面放上第四盆，那是「教練盆」。我還在水裡加上鹽巴，我猜他們多多少少會不小心吸進一些水，如果吸的是鹽水，應該還滿健康的。我向他們示範如何將鼻子跟嘴浸入水中，又如何從側邊換氣，然後我們加入腿的動作，接著是手臂，我承認這不是學游泳的最好環境，但我也向他們指出，奧運選手在沒有泳池的時候就是這樣訓練的。對啦，這是騙人的，但我們需要這個謊言，因爲我們是四個躺在廚房地板上用力踢腿的人，踢得像是怒火中燒，像是正在發飆，像是絲毫不怕展現心中的失望跟挫折。我們必須透過強烈的字眼強化自己跟游泳間的連結。凱爾妲花了幾個禮拜才學會把臉浸到水裡，「沒關係，沒關係！」我說，我們接下來用浮板。我遞給她一本書。「排斥水盆是完全正常的，凱爾妲，身體正在告訴妳它不想死。」「它完全不想。」她說。

我把自己會的所有泳式都教給他們。蝶式眞是神奇，沒有任何東西能比擬，我認爲廚房地板都會因而溶化變成液態，他們就能以傑克傑克爲首這樣游出去。傑克傑克學得很快——這還是保守的說法，他眞的能在地板上移動，鹽水盆或什麼的也沒問題，他可以從臥室一路砰砰砰地游回廚房一圈，全身又是汗又是灰，凱爾妲會抬頭看他，雙手抱書露出笑容。「向我游過來！」他說，但她太害怕了，而且在陸地上游泳需要非常有力的上半身才行。

我是那種站在池邊而非跳進池裡的教練，但我也沒閒著，說句不謙虛的：我就是他們的水。我讓他們保持動作，我一直在說話，像個健身教練，而且我會拿捏精準的空檔吹響口哨，我劃出「泳池」的邊界，他們可以一起掉頭折返游。伊莉莎白忘記手臂動作時，我會喊：「伊莉莎白！妳的腿太高，但是頭往下掉了！」她就會開始瘋狂划動，很快地把自己身體抬上來。透過我仔細的、一步一腳印的教學方式，三個跳水者都能做出完美的預備姿勢，從我的桌面起跳，以胸腹著水式結束在我的床上。這方式只是爲了安全，它仍然是貨眞價實的跳水，仍然是放下哺乳動物的驕傲，擁抱地心引力。伊莉莎白加了一條規定：跳下時我們必須發出聲音，對我而言這有點兒異想天開，但我也是能開放敢創新的，我想當那種教學相長的老師。凱爾妲決定發出大樹倒下的聲音（並且是一棵女性樹）；伊莉莎白決定發出一種「自然而然的聲音」，不過每次聽起來都一樣；傑克傑克則是會喊：「炸彈開花！」在課程的最後，大家都會用毛巾擦擦身體，傑克傑克會跟我握手，凱爾妲或伊莉莎白則會留份熱食給我，好比焗烤，或者義大利麵。大家互相交換，而我也不太需要找另一份兼差。

我們每個禮拜只上兩個小時，但其他的時間都是爲了支持這兩小時。每個禮拜二跟禮拜四早上醒來，我就想：「今天有游泳課。」其他的早上則是：「沒有游泳課。」有時在鎭上碰到我的學生，例如在加油站或是店裡，我就會說：最近有沒有練習尖嘴魚式跳水啊？然後他們會答：教練！我有努力！

我知道你一定很難想像有人叫我「教練」，在貝維迪爾，我有一個完全不同的身分，這也是爲何我覺得很難跟你談起這些事。當時我沒有男友，沒有藝術創作，甚至一點藝術氣息也沒有。我曾經是個運動妹，徹頭徹尾的運動妹，一個游泳隊的教練。如果我知道你對這件事有興趣，我一定會早點告訴你，那麼，說不定我們現在還能繼續約會呢。三個小時前，我在書店看到你跟那個穿白外套的女人在一起，那件白外套眞美，雖然我們分手才兩個禮拜，你的樣子卻無疑是快樂又滿足。在看到你跟她在一起之前，我還不是很確定我們眞的分手了，你看來離我好遙遠，像是湖水另一岸的一個小點，既不是男性也不是女性，既不蒼老也不年輕，只是一抹微笑。今晚，我該想念誰呢？伊莉莎白，凱爾妲，傑克傑克？他們現在都死了，這點我很確定。這悲傷眞是巨大，我想，我一定是史上最悲傷的游泳教練了。

Majesty

王子殿下

太陽發出一道不屬於人類時代的古老強光，然後崩潰。我一陣目眩，心裡恍恍惚惚，似乎失去了什麼……

我不是那種對英國皇室有興趣的人。我去過幾個網路聊天室，裡面都是這種人，眼光短淺的人。他們不將心思放遠，自己家門口發生什麼也不關心，每天只忙著想別國皇室的事。皇家的服裝、皇家的八卦、皇家的悲劇——特別是他們家的悲劇。而我只關心那個男孩，大的那個。本來我連他的名字都不知道，看照片可能猜得出他是誰，但不知道名字，也不知道他的體重、他的嗜好，不知道他在大學裡交的那些女友誰是誰。如果拿太陽系的天文圖做比方：每個人是一顆星，而且看得見所有人際連結的層次，那麼，我跟他恐怕是全太陽系距離最遠的兩端。在你有生之年根本無法從我這裡到他那裡，只能盼望你孫子的孫子有機會抵達。但他們什麼都不懂，也不知道怎麼留住他，而且那時他也已經死了，他的位置將被他高大英挺的重孫們取代。他的後代全都是高大英挺的皇族，而我的女兒將是在地方非營利組織工作的中年婦女，同時是社區裡地震預防團體的發起人。我們兩人的世世代代永遠天各一方。

我一生都在做同一個夢，人家說的重複夢，並且永遠有同一個結局——除了二〇〇二年十月九號那一天。那天，夢的開頭跟從前一樣：一個天花板很低的地方，大家手腳著地在地面爬行，但這次我發現周圍的人統統在做愛。這就是趴在地上過日子的後果，我氣炸了，想把那些人掰開，但他們就像交配中的甲蟲一樣緊緊黏住。然後我突然發現了他，威廉。我認出他是個名人，卻不清楚是誰，我又羞又窘，他身邊向來圍繞著年輕可愛的女孩，搞不好根本沒看過我這副模樣的人，但我逐漸發現他從後面掀開了我的裙子，還把臉埋進我的屁股裡磨蹭。他這麼做，全是因爲愛我，一種我從來無法想像的愛。然後我醒了——學生時代，我永遠用這句話當作故事的結局——「然後我醒了！」但這次一切並未結束，我張開眼睛，有輛車子從我屋外開過，音樂放得震天價響，平常我最討厭這樣了，完全認爲這應該要立法禁止，但今天這首歌好美。它是這樣唱的：「我只需要一個奇蹟，我只需要你。」這恰恰是我夢中的感受。我跳下床，尋找更多證據，翻開《沙加緬度蜂報》（註3）——就在那兒！就在國際版，有篇講查爾斯王子訪視格萊斯高（Glasgow）某個住宅區的新聞，還帶著他的兒子——威廉亞瑟菲利浦路易斯王子。版面上有張照片，威廉的樣子跟他在夢中拿臉磨蹭我屁股時一模一樣。一樣迷人自信的金髮碧眼，一樣的鼻子。

我在解夢網站裡搜尋「皇室成員」四個字，沒有結果。我又鍵入「臀部」，按下「解夢」鍵，得到下面的解釋：「臀部象徵著你的本能與衝動」，它還說：「假使你夢見自己臀部畸形，表示你內心有發展不健全或受傷的部分。」在夢裡，我的臀部形狀沒問題，所以我的心理發展是健全的。而前面那段解釋則要我信任自己的直覺，信任我的

註3：The Sacramento Bee，於美國加州沙加緬度市發行的一份地方性報紙。

屁股，就像我的屁股信任他。

那一整天我都懷抱著這個夢，像個裝滿水的玻璃杯。我優雅地移動，以免漏失任何一滴。我有條長裙，跟夢中被他掀起的那條很相似，因此我穿上它的時候別有一種性感氣氛。我飄然走進辦公室，在茶水間裡輕輕滑行。我妹常說這種裙子像阿爾卑斯山少女穿的農家裝，不過她的語氣完全不是恭維。那天下午她到我在「震寧」的辦公室借用影印機，看到我還一副意外的樣子，好像我們是在今考影印店（Kinko's）不期而遇似的。「震寧」的工作目標是教導大家正確防震知識，並且幫助世界各地的地震災民。我妹每次都開玩笑說自己也是災民，因爲她家裡永遠像震災過後一樣混亂。

「妳穿的這玩意兒到底叫什麼，阿爾卑斯山少女裝？」她說。

「妳明明知道這只是條普通裙子。」

「但妳不覺得很奇怪嗎？妳看，我身上這件又好看又合身的服裝，居然也叫做裙子？這兩者之間難道不該有些分別嗎？」

「不是每個人都覺得裙子愈短愈性感。」

「性感？妳剛剛講『性感』？我們剛在談性感的事嗎？天哪，我不敢相信妳剛說了那兩個字，妳再說一遍！」

「幹嘛啊——『性感』。」

「別再說了！這太超過了！聽起來妳好像在說『幹』之類的。」

「我可沒說那個。」

「妳確實沒說。嘿，妳有沒有想過，妳可能再也沒機會跟人幹了？妳跟我說卡爾離開妳的時候，我第一個念頭就是這個：她再也沒機會跟人幹了。」

「妳幹嘛這樣？」

「哪樣？難道我應該像妳一樣？非禮勿言非禮勿聽，全身包得像粽子？這樣比較健康嗎？」

「我現在不會包那麼緊了。」

「唷？那我倒很願意跟妳一起大膽一下！不過妳要怎麼證明自己眞的鬆綁了呢？」

「我有了個情人！」

但這話我沒說出口。我沒說我被人愛著，我值得被愛，全身上下都不骯髒，妳問威廉王子就知道了。當晚，我列了一張清單，上面是在眞實世界中跟他相遇的方式。

到他學校做地震安全知識的演講

到他學校附近的酒吧等他

兩個方式互不相斥，也都是認識人的合理方式。每天都有人在酒吧邂逅，這些人也常跟邂逅對象上床。我妹就是這樣，起碼念大學的時候是這樣。每次艷遇之後她都會打電話來，告訴我當晚的所有細節。這不是因爲我們很親，我們一點也不親，而是因爲她有毛病。她幾近濫交，而她的電話對我而言簡直像性騷擾，但她畢竟是我妹，所以我也不好用這些字眼講她，我只能說：她超誇張。如果我代表極限，那她不但完全超越極限，還全身脫光光在我頭頂上晃來晃去。

第二天早上，我六點就起床出門走路。我知道自己不可能變成瘦子，但我想努力讓全身肌肉緊實，好讓他在黑暗裡撫摸我時感覺不至於太差。等到瘦個10磅之後，我就能加入健身房。在那之前，我先不斷走路、走路、走路就好。

我一面在我家附近的社區走著，一面重溫那場夢。眞是栩栩如生，我覺得好像會在下個街口看到他。一看到他，我就要把頭鑽進他上衣裡，永遠不出來，陽光從他套頭橄欖球衣的條紋間流過，我的世界小小的，聞起來有男人的味道。不過這樣一來，我就會什麼都看不到，當然也看不到忽然出現在我右前方的這個女人。她穿著黃色的浴袍。

「靠，妳有沒有看到一隻咖啡色的小狗？馬鈴薯！你在哪！」

「沒有。」

「妳確定嗎？那牠一定跑掉了。馬鈴薯！」

「不過我剛剛有點心不在焉。」

「好吧，那妳可能讓牠從眼皮底下跑掉了。靠，馬鈴薯！」

「眞對不起。」

「天哪。好吧，如果妳看到牠，就把牠抓回這裡。是一隻咖啡色的小狗，名字叫馬鈴薯。馬鈴薯！」

「好。」

我繼續走路。該開始專心思考怎樣才能見到他。計畫一，計畫二。我在別的學校開過地震安全座談會，應該不會太生疏。這附近有個學校，巴克曼小學，每年都安排一天邀請消防隊員教大家「先停、再撲、後打滾」（註4）的技巧，下半日則由我主講地震安全知識。令人難過的是，你能做的其實很少。你可以停，可以撲，可以跳起來兩手像翅膀一樣揮呀揮，但如果事情眞的大條了，你最好是祈禱。去年有個小男孩問我是如何變成地震專家的？我講了老實話。我說，因爲在所有我認識的人裡，我是最怕地震的那個。你得跟小孩講老實話。我對他形容我常做的那個噩夢：被埋在瓦礫裡窒息而死。你知道什麼是窒息嗎？我表演給他看。喘氣，眼珠凸出，在地毯上掙扎，雙手空揮，試圖攫住一些氧氣。示範結束後，我還在平復心情，他將手放在我肩上，送給我一片形狀像

註4：Stop, Drop, and Roll。一套遇到火災時的自保技術。「停」表示停止手上一切動作、「撲」表示整個人撲倒在地板上、「滾」表示一旦身上著火，可以在地面滾動將火壓熄。

沙魚的葉子。他說，這片是最棒的。我看了看他其餘的蒐藏，都只是普通的葉子，一點也不像沙魚，我的最像沙魚。我將它收在皮包裡帶回家，放在廚房桌上，睡前看了它一眼，第二天起床，把它從桌上一推就掉進垃圾桶。我生命裡實在沒地方容納這類東西。不過問題來了：英國有地震嗎？如果沒有，那第一個計畫完全是白搭；但如果真的有，我不就多了一個理由跟他一起住在皇宮裡，而不用說服他搬進我的公寓。

馬鈴薯跑過去了。一隻咖啡色的小狗，跟那女人說的一樣。牠像趕飛機一樣從我身邊狂奔而去，我還來不及意識到那是馬鈴薯，牠就已經不見蹤影。牠看起來很開心，我心想：很好。追夢去吧，馬鈴薯。

我看拜訪學校的計畫還是算了。我決定去小酒館，他們那裡不說酒吧，說小酒館。我走進那小酒館，穿著一條跟夢中很像的長裙，我看到他跟朋友在一起，還有保鑣，但他不會注意到我，他光芒四射，連手臂上每根金色的汗毛都光芒四射。我走向點唱機，放起那首〈我只需要一個奇蹟〉，這樣我就有了信心。我坐上吧台，點杯飲料，開始講古，講的是那種會把所有人吸過來的故事。我會把那些跟我一百八十度相反的人統統吸過來，故事中要有些聽眾可以參與的橋段，能夠在關鍵時刻讓大家忍不住齊聲答話。我還沒想好整個故事，不過大概是這樣，我會說：「然後我又敲了敲門，大吼——」此時，酒吧裡的人就要異口同聲地喊：「讓我進去！讓我進去！」最後我身邊所有人都會一起喊叫，喊叫者的圈子逐漸擴大，非常引人好奇。威廉會想：那邊的騷動是怎麼回事？他帶著困惑的微笑走來，「這群平民在做什麼？」我看到他了，離我好近，離我身體每個部分都好近，但我的故事不會停，我繼續講啊講，到了下一個敲門的橋段，他會跟其他人一起大吼：「讓我進去！讓我進去！」然後，這個傳遍半個英國鄉間的故事會有一個專屬於威廉的梗，全新的梗，跟那種同音雙關語的老梗完全不同，這個梗將把他帶向我，他站在我跟前，淚眼盈盈。他哀求我：「讓我進去！讓我進去！」我把他的大頭壓入我的胸脯。但我的故事還沒講完，所以我說：「問我的胸部答不答應，問我這對六十歲的胸部。」

他對它們大喊，口齒不清地說：「讓我進去！讓我進去！」

「問我的肚子，問我的肚子。」

「讓我進去！讓我進去！」

「跪下，王子殿下。然後問我的陰道，問它這個醜陋的野獸。」

「讓我進去，讓我進去，讓我進去。」

太陽發出一道不屬於人類時代的古老強光，然後崩潰。我一陣目眩，心裡恍恍惚惚，似乎失去了什麼。那個黃浴袍女人又出現了。這次她開著一部紅色的小車，仍然衣衫不整，只穿著一件浴袍。她焦急絕望地喊著「馬鈴薯」三個字，絕望到忘了要把頭伸出車窗，徒勞地在車內大吼大叫，那樣子好像馬鈴薯不在外面而在她的心裡，像上帝一樣。她蜷著身子大哭的樣子使人震驚，那是眞正的慟泣，她失去了所愛，怕牠有所不測，這種事眞的會發生，它現在就在發生，而我也被牽涉進去了，因爲很巧的，我剛剛才看到馬鈴薯。我向她跑去。

「牠往那邊跑走了。」

「什麼！」

「從艾菲街跑走了。」

「妳爲什麼不抓住牠呢？」

「牠跑太快了，我愣了一下才發現那是牠。」

「眞的是馬鈴薯嗎？」

「是啊。」

「牠有沒有受傷？」

「沒有，牠看來很快樂。」

「快樂？牠是嚇死了。」

她的話一出口，我開始回想馬鈴薯當時奔跑的速度，她是對的，牠根本是慌不擇路駭然瞎跑。一個十幾歲的菲律賓裔男孩走過來，眼睜睜站在那兒，看起來像在參加大罷工，我們不理他。

「所以牠往那個方向跑了？」

「對啊，不過起碼是十分鐘前的事了。」

「靠！」

她大吼大叫地沿著艾菲街跑去。男孩跟我站在一起，彷彿我們是同一陣線。

「她的狗跑了。」

他點點頭，環顧四周，一副那隻狗就在附近的樣子。

「找到狗有沒有酬勞？」

「好像沒有。」

「她應該要懸賞的啦。」

我覺得他有點沒禮貌，但這話還沒說出來，那紅車又開回來了。她的車窗搖了下來，車子開得很慢，我有點兒心虛地走近。現在她只穿著睡衣，原本的黃色浴袍拿來做成一個小窩放在空位上。馬鈴薯躺在小窩裡，死了。我說我很遺憾，女人看了我一眼，眼神裡表示牠會死完全是我的責任，而她跟一個專門殺狗的兇手沒有什麼好說。我內心納悶：到底有多少事物像這樣從我身邊飛逝而去，飛向死亡。

可能有很多。可能根本是我從他們身邊飛逝而去，我是帶著鐮刀的死神，是結束的信號。這說法解釋了很多事。

她開走了，留下我跟男孩。這裡離我家只有幾個街口的距離，但我難以抬步離開。我不知道待會重新開始動作的時候心裡該想些什麼。威廉。誰是威廉？我現在覺得光是想到他我就有罪，我就是個變態。一切令人這麼累。我感到要花上九牛二虎之力才能維持我們的關係。而此時她可能正把那隻小狗埋在自家後院裡。我望著那個男孩，他完全不像個王子，他什麼都不是。我妹大學時代有時會把男孩子帶回住處，第二天再打電話給我。

「我從褲子外面就看見了。因爲已經有點勃起，所以我幾乎確定它眞的很大。」

「拜託，別說了。」

「但是呢，當他褲子一脫，我看了都快尿褲子了。我心想：親愛的！拜託，快把那東西豎起來放到我裡面吧！」

「這樣啊。」

「然後他拿出一條黑色的短繩之類的東西綁在老二上，我心想這是幹嘛？他那個賊笑的樣子跟個死小孩一樣。接著呢，我穿上一條新買的但有點俗的性感內褲，妳知道那種樣式嗎？前面有個拉鍊，可以一路拉到後面那種？不過他好像不是很喜歡，因爲他一下子就把它扯掉了，然後跟我說：『妳弄一下自己。』妳聽過男人這樣說話的嗎？『妳弄一下自己』？」

「沒有。」「當然沒有。好吧，不管怎樣，我就開始在自己身上揉來揉去，我變得超濕的，然後他把那玩意兒挺到我面前，我都快受不了了，然後呢——妳不會相信天底下有這種事：他居然一下子噴了我滿臉！我都還來不及把它弄進來咧，妳相信天底下有這種事嗎？」

「我相信。」

「嗯，好吧，我猜也是有啦。大概因爲他太年輕了，又從來沒看過這麼白的屄。」

我妹暫停了一下，開始聆聽電話另一端我的喘氣聲。她聽得出來我結束了，已經到了。然後她說再見，我也說再見，大家掛上電話。這是我們之間的方式，一直都是這樣子，她關照我的方式。如果我能迅速而神不知鬼不覺地殺死她，我一定這樣做。

我望著那男孩，男孩也望著我，兩人彷彿達成某種共識。站在他旁邊讓我坐立不安，我必須要求他做些事，我沒辦法連討價還價都沒有就這樣走掉。

「幫我洗車如何。」

「給多少錢？」

「十塊？」

「十塊錢才叫不動我咧。」

「好吧。」

我打開皮包，給了他十塊，他走到艾菲街上，走向無疑的死亡，我轉身回家。在那個不斷重複出現的夢裡，萬物紛紛傾頹，而我被壓在底下。我手腳並用著地爬著，有時得在石塊下面爬個好幾天。我一面爬一面想：這次事情眞的大條了，全世界都震動，每樣東西都毀壞，但這還不是最恐怖的部分。最恐怖的是：我爬著爬著忽然想起：這地震多年前就發生過了。如此的痛苦，如此瀕死的感受，完全是正常的，這就是生命。事實上我還發現，它根本不是什麼地震。生命本身就是一場裂毀，而我居然還期望其中會有什麼別的，我眞是瘋了。

The Man on The Stairs

樓梯上的人

我像瞎子一樣站在那兒等著，要不是等死，就是等到眼睛適應這一片漆黑，兩者總會有一個。

那聲音很小，但還是驚醒了我，因爲是人類製造的聲音。我屏住氣息，來了，又來了：樓梯上有腳步聲。我試著小小聲說：「有人上樓來了。」但我連呼吸都放不開，無法說出一句像樣的話。我抓住凱文的手腕，以他的脈搏爲單位使力緊握：三下，兩下，三下。我試著創造一種能進入他睡眠的語言，但一陣子過後，我發現自己抓的不是他的手腕，而是空氣。這多可怕，我正抓著一把空氣。那聲音沒停，走上樓梯來的人還在，並且盡可能放慢速度，彷彿擁有全世界的時間。我的老天，他眞有閒，我就從來沒對什麼事情如此仔細，這正是我的毛病：我總在趕時間，好像後面有人在追，即使做一些爲慢而慢的事也一樣，例如喝杯養生茶，我就會一口灌到底，簡直像在參加喝養生茶速度大賽。或者泡溫泉，大家在池子裡仰望天星，我一定是第一個說「啊，這裡眞美」的人。第一個說「這裡眞美」的人，也總是會第一個說：「哇，我不行了，太熱了。」

樓梯上那個人眞是太慢了，有段時間我幾乎忘了危險，差點睏睡回去，但一下又被他的動靜吵醒。我快死了，這眞是沒完沒了，我不想叫醒凱文了，怕他會發出聲音，他可能會說：「怎麼了？」或是：「怎麼了？親愛的？」萬一給樓梯上的人聽見了，他就會知道我們不堪一擊，會知道我男友叫我「親愛的」，甚至會從他口氣裡聽見一點不耐，聽見昨夜的爭吵讓他筋疲力盡。做愛的時候，我們都在腦中想像自己在跟別人親熱，但他總愛告訴我他想像的對象是誰，我不會，有什麼好說的？這是我的私事。而他因此興奮也不是我的問題，他總喜歡在出來的瞬間跟我報告他正想著誰，好像貓獵來死鳥獻給主人當禮物似的，但我從沒想要過。

我也不想讓樓梯上的人知道這些事，但他終究會知道。當他打開燈，掏出手槍，或利刃，或一塊大石頭的時候；當他拿槍對著我的頭，拿刀抵著我心臟，或做勢將大石頭壓上我胸口的時候，他就會知道了。我男友的眼睛會對他說：「放我一條命，你對她做什麼都可以。」而我的眼睛會告訴他：「我從來不知道眞愛是什麼。」他會同情我們嗎？他明不明白這是什麼感覺？我想大部分的人都明白。你總覺得自己是世上僅存的一人。人們看似瘋狂愛著彼此，其實都是假的，一般來說，大家都不怎麼喜歡其他人，就算是朋友也一樣。有時我躺在床上，試著釐清哪些是我眞正在意的朋友，而結論永遠相同：一個也沒有。從前我以爲他們只是我的「開頭朋友」，接下來眞正的朋友就會出現，但沒有，這些就是我的朋友了。他們的工作多半跟興趣有關，例如我認識最久的一個，瑪莉蓮，她喜歡唱歌，在一所知名的音樂學校擔任招生主任。這工作很不錯，但相較之下，只需要張開口唱歌當然比較好。唱一個「啦」的音符。我一直以爲我會成爲某個專業歌手的朋友，一個爵士歌手，一個開車橫衝直撞但不失安全的爵士樂手知心好友，起碼我是這麼想像。我還想像自己有一群寵愛我的朋友。事實上朋友們都認爲我是個拖累，我常在腦中描繪一切重新開始，我頭上那層拖累的陰影也清除無遺。而我現在搞清楚了，共有三件事讓我成爲他人眼中的拖累：

我從來不回電話。

我假謙虛，裝模作樣。

而對於以上兩件事情，我幾乎沒有太多罪惡感。我的人緣因此變差。

「回電話」跟「眞心謙虛」沒那麼難，但對我的朋友們而言，來不及了，在他們眼裡我永遠是個拖累。我需要乾乾淨淨、一起玩得開心的新朋友。這就是我的第二個毛病：難以知足。這毛病又跟我趕時間的毛病手牽手分不開。好吧，或許它們不那麼像手牽手，比較像一隻怪獸身上的兩隻手，或許就是我的手，我就是那怪獸。

在凱文回應我的感情之前，我已迷戀了他十三年。最早我還是個孩子，他對我一點意思也沒有。當時我十二歲，他二十五歲。直到我十八歲時他仍然把我當小孩，要再過七年才眞正發現我已長大成人，不再是他的學生。我們第一次約會時，我穿了一件十七歲時爲了想跟他約會所買的洋裝。式樣當然已經過時。往餐廳的路上，我們在加油站暫停了一下，我坐在車裡，凱文付油錢，一個打工的青少年擦著我們車子的擋風玻璃，他使用海綿的模樣好細心好嚴謹，一看就會明白，這份工作對他而言不只是跟興趣有關而已，這就是他的興趣。唱一個「啦」的音符。開車離開加油站時，我透過潔淨完美的擋風玻璃望著那男孩，心想，我應該跟他在一起的。

樓梯上的人暫停實在太久了，久得奇怪，我懷疑他是不是出了什麼狀況，他可能是殘障人士，可能非常老，可能就只是太累了。說不定他已經把整個街口的人殺光以至於現在筋疲力盡。一瞬間我似乎可以看到他靠在樓梯扶手上，眼光穿過黑暗。我的眼睛也是張著的，凱文遠遠地睡著了，他一直離得很遠。沉默愈來愈長，我開始想他到底還在不在。唯一的聲音是凱文的呼吸聲，如果我下半生都躺在床上聽他呼吸，不知會怎樣？不過，你聽，樓梯旁發出一道強烈而明顯的木頭嘎吱聲，我感到一陣全身酥麻的放鬆感，他還在，在樓梯上，以令人窒息的緩慢速度接近，如果我能活著看到明天的太陽，我絕不會忘記今天這一課。

我掀開被子下床，身上只穿著T恤，沒把褲子套上，反正也沒什麼關係。搞不好他也是半裸的；搞不好他根本沒有頭，全身都是血。我站在樓梯最上一階的盡頭，這裡比房間裡更暗，我像瞎子一樣站在那兒等著，要不是等死，就是等到眼睛適應這一片漆黑，兩者總會有一個。在我看見任何東西之前，我聽到他的呼吸，就在我面前，我將身體往前傾，於是感到他的呼吸，可以聞見他發出來的酸味。這不太好，他不太好，他不懷好意。我站在那裡，他站在那裡，吐著苦澀氣息，那氣息會讓女人質疑一切，然後我一如往常地將那氣息吸入。我也釋出體內的灰塵，我曾以內心的質疑與不信擊碎了一些事物，這些灰塵就是那些事物的粉末，而他將它們納入肺中。現在我看得見了，我看見一個男人，很普通的男人，一個陌生人。我們盯著對方，我忽然勃然大怒。「走開。」我小聲說，「滾出去，滾出我的房子。」

離開加油站後，我們駛向一間餐廳，凱文認為我應該會喜歡那裡，但我惦記那個拿著海綿的男孩，於是有計畫地跟凱文唱反調。我沒有要甜點或酒，只點了一盤沙拉，並且對它挑剔不已，但凱文鍥而不捨，開車送我回公寓的路上，他不斷講笑話，非常可笑的笑話，但我像鋼一樣，說不笑就是不笑。我寧可死也不要笑，我沒笑，我沒有笑，而我死了，我確實是死了。

The
Sister

姊妹

我從來沒戀愛過，一直是個平和的人，但現在我真的心亂如麻。

很多人問過我想不想認識他們的姊妹。有些女人是這樣的：她們沒結過婚，不修邊幅，而歲月無情踏過。這樣的女人總有兄弟，而這些女人的兄弟總認識一個像我這樣的人：孤獨的老男人。單身男人身上難免有一或兩個重大缺陷，不過，這些兄弟認爲他們的姊妹理當能夠接受。至於所謂的「缺陷」，我舉個例子：仍對過世的妻子戀戀不捨。但我的問題不是這個。我從來沒跟誰戀愛過，死的或活的都沒有。

這又是另外一個像我這種男人的問題：具有彈性，因此我們總是被介紹給某人的姊妹，各種歲數的姊妹。我也是好一陣子之後才意識到這情形。我是獨生子，但我記得從前在學校男生們會聊到他們的姊妹，因此，在我的想像中，「姊妹」都是差不多的年紀，學生的年紀。他們問我想不想認識他們的姊妹？剛開始我總是聯想到一個姊姊，個子高高的，年紀也比較大。但時至今日，每個人年紀都大了，男同學的美麗姊妹們當然也老了。我已經不知道多久沒遇過小女孩了。像我這樣的男人，單身的孤獨男人，是最不可能被介紹給小女孩的一群人。我可以告訴你爲什麼，兩個字：強姦。

全世界的皮包幾乎都產自同一個地方：迪根皮件公司。就算皮包上的品牌標籤完全不同；就算這一只上面寫著「斯里蘭卡製造」而那一只上面寫著「美利堅共和國榮譽出品」，它們也都是在同一個地方裝配出來的：加州利奇蒙的迪根皮件公司。如果你在這裡連續不斷工作二十年，他們就會幫你開個有夏威夷水果酒可以喝的派對，並贈送無限免費皮包供你餘生使用。維多・凱撒山切斯跟我，是目前唯二得到這派對的人。我們發明了一個遊戲，叫做「堆積如山的皮包裡能變出什麼好東西？」其中一個好主意是「皮房子」，或是眞的能在天上飛的「皮飛機」。去年維多的太太去世了，在那之前我一直不知道她叫什麼名字，我猜她種族跟他不同，不是墨西哥人，但我一直認爲她是墨西哥人。我也從來不知道維多有個妹妹，直到他問我：想不想認識我妹？她叫布蘭卡・凱撒山切斯。

而我又犯了同樣的錯誤：直覺她是個青少女。一個身穿白洋裝的青少女，雙乳微萌。我好想認識她。

他安排我跟布蘭卡在一場愛滋慈善晚會上碰頭。晚會裡大多是二、三十歲的人，我總在想：其中哪個是布蘭卡？或者是布蘭卡的朋友？因此很努力地忍受他們。也有四十幾，五十幾，六十幾，甚至七十幾歲的人，布蘭卡也有可能是這些人其中之一，或者他們是布蘭卡的父母，祖父母，甚至曾祖父母。如果布蘭卡還是兒童，那麼晚會裡也有一些跑來跑去的小孩，兄弟的小姊妹們，她們也有可能是布蘭卡，或布蘭卡的曾孫。但那個晚上就這樣過了，維多說了好多次他剛剛才看到他妹妹，但轉眼又不見蹤影。然後他說，十五分鐘前他叫她到我這桌來自我介紹，問我沒見到她嗎？我說沒見到。

「嘿，你覺得她怎麼樣？」

「我根本沒見到她啊！」

「咦，我以爲你說你見到了。」

「不是，我說我沒見到。沒見到。」

「哎呀，那眞可惜，她好像離開了，她跟我說她喜歡你。」

「什麼？」

「她說想再見你一面。」

「但我根本沒見到她啊！」

「說話小心點，你現在講的可是我妹妹。」

我身高六呎三吋，體重一百八十磅，灰髮的髮線漸退。我體格不精壯，但天生代謝率高，所以除了肚皮之外，其餘地方都很瘦。

接下來的幾個禮拜，布蘭卡在我生命裡進進出出，但從來不曾近到能夠看見她，並以各種不同的方式跟她錯過，次數多到我都覺得已經認識她了。她缺席的方式總是細緻特殊，很有質感，所以我也盛裝準備，穿上從七〇年代開始就沒見過天日的西裝，但現在感覺也還好。這套西裝很特別，顏色是淺米色，差一點就接近米白色，你不太會看到有人大量使用這顏色做整套西裝。最後它成爲我「見不到布蘭卡日」的制服。

「昨天晚上她有去小氣泡酒館嗎？」

「有啊！她有沒有跟你自我介紹？」

「沒有。」

「我跟她說你偶爾會去小氣泡晃晃，所以最近她還滿常去那裡的。」

「我很想見她一面。」

「她也是啊。」

「我說維多，她真的得來向我自我介紹，我做夢都夢見她。」

「哦，她在夢中是什麼樣子？」

「是個天使。」

「沒錯，那就是布蘭卡，就是她。」

「她是金髮女孩嗎？」

「不是，她跟我一樣，頭髮是深色的。」

「那就是棕髮女孩。」

「嗯，我也不知道是不是。」

「你剛剛才說她是啊。」

「嗯，我只是不喜歡妹妹被人家這樣講而已。」

「棕髮女孩？這個詞沒有什麼問題啊！」

「這個詞是沒有問題，但你講的口氣有問題。」

布蘭卡讓一個夜夜打手槍的男人說出「棕髮女孩」四個字，這就是她對我的影響。每當喘不過氣的時候，我就知道她接近了，而整個空間裡的氣氛也在改變，她的味道裹住我的臉，她就在附近，我知道。儘管並不合理，我仍然無法控制地想像她是一個青少女。酒館裡煙霧繚繞，滿滿的人，但我能看見她正站在誰的身後，剛好被擋住了，穿著緊身牛仔褲跟網球鞋，嚼著口香糖，耳朵上打了耳洞，頭髮用個什麼東西往後束起來，一條緞帶或橡皮筋之類的，耳朵上打了耳洞，喔，這個我說過了，好，總之這就是我看到的。有人可能會說這種女孩對男女關係還沒有準備，特別是跟一個年近七旬的男人，但我要對他們說：人類一無所知。我們治不好感冒，不知道狗在想什麼，我們總做些狗屁倒灶的事，我們製造戰爭，因貪婪而殺人，所以我們有什麼資格說該如何去愛？我不會強迫她，我不需要，她會想要我的，我們將墜入愛河。你又知道什麼呢？你什麼都不知道，所以，等你找到愛滋病解藥的時候再打電話給我，那時我就會聽聽你的意見。

一天裡的許多時候我都感到需要她。走路的時候，搭巴士到迪根公司的時候；靜的時候，動的時候；檢查出品的皮包，知道它們連環扣都完美無缺的時候，日復一日，沒有瑕疵，只有累積的緊張感，像一場愈來愈濃的霧，只有一條裝反的皮包肩帶，或是一枚缺失的釦子，能夠劃破這場濃霧。有些人一生不曾退縮，不曾嘶吼哭嚎，但我忍不住要大叫：布蘭卡！不管在雲淡天高的艷陽天裡，或是落日的時候，尤其當我看到太陽在遠山外下沉的時候，我就感到心中某一塊明亮的地方也下沉了，我呼喚出聲：布蘭卡。我在心中喊她，就好像她是我心裡的一枚蛋：雪白的，還沒準備好，但卻快要準備好了，像一枚蛋。

我向來對維多不太在意，但現在他變成全世界最令人興奮的人，因爲他是布蘭卡的哥哥。維多對我的態度也不同了，有點把我看作是他的家庭成員，就好像我跟布蘭卡已經是一對。他邀我、布蘭卡，還有他們的父母一起吃頓便飯，地點在一個老人安養院裡，凱撒山切斯夫婦是我見過最老的活人，他們的食物是靜脈注射。我問凱撒山切斯太太她女兒現在在哪兒，她看我的眼神無比困惑，我也只好作罷。牆上有張照片，不是布蘭卡，而是她媽媽，她眼睛裡有布蘭卡的影子，像詩句或小說裡寫的：「來這裡吧！來這裡吧！」維多跟他父母談話，一副他們聽得懂的樣子，但我知道他們根本不懂。他送了他們一人一個皮包，很受歡迎的蘇活族風格肩背石紋托特包。他的父母看起來不可能再站起來了，但肩背托特包的主人必須要能夠站立，還得能走、能生活、有需要、懂得關懷、有搬東西的力氣，他們看來離這些事情有十萬八千里，但我也不很確定，我父母在我很小時，還沒有能力送他們任何東西時就死了。維多跟我一邊吃著我們在中國餐館買的炸雞，一邊看電視上的實境秀，幾對夫妻或情侶比賽改造他們的廚房。然後維多載我回家，在車裡誰也沒說話，有什麼好說呢？這是第八百萬億兆次她沒出現了。

我從來沒戀愛過，一直是個平和的人，但現在我眞的心亂如麻。我不小心傷到自己，好像兩個笨手笨腳的人在打架；我手抓得太緊，翻書時幾乎把書頁撕破；我又會忽然放手，打破盤子。有一整個禮拜的午餐時間，維多坐在我旁邊，試著用無趣的事情引起我的興趣，最後，他邀請我去他的公寓跟布蘭卡喝一杯。我感覺得到，這就是了。上次我去他父母家的時候，以從容自在的沉默贏得了他們的讚賞，沉默讓某些人窘迫，但我不會，我從不在意互動。有時心裡想到什麼可說的，我就自問：「値得說嗎？」答案往往是不値得。我穿著每次以爲會見到她時穿著的衣服，全身米色，不過這次我小心得多：拉上外褲前，先把襯衫紮進內褲裡，而當我拉上外褲時，褲管拂過我腿上的汗毛。我可是通了電一樣明察秋毫。

當然，布蘭卡一如往常地遲到。維多跟我都笑了，我更是眞心地笑出來，跟前幾次不一樣，這下子還眞有點意思：好個要命的小妞！太懂得吊男人胃口了。維多跟我爲布蘭卡及她的遲到成習互敬一杯，我把她的酒杯裝滿，代她乾杯：爲我的女孩乾杯！爲我的小女孩乾杯！

到了午夜時分，維多清清喉嚨，說有件事要告訴我。

「她不來了？」

「沒有啊，她會來。」

「哦，那好。」

「但我爲你跟布蘭卡安排了一個小節目。」

「什麼節目。」

「我準備了E。」

「什麼？」

「E。」

「什麼E？」

「就是快樂丸。」

「喔。」

「你用過快樂丸嗎？」

「沒有。我喝啤酒就好。」

「你會喜歡的。」

「以前我抽過一次大麻，一整年都渾身不對勁。」

「這跟那個不一樣，它可以幫助你跟布蘭卡相處，讓你又愉快又放鬆。」

「我不認爲她想要我放鬆。」

「相信我，她想要，等下她來的時候就要吃她今天的第三粒了。」

「布蘭卡喜歡這玩意兒？」

「當然。」

「她是不是那種……又狂又野又放縱的青少女？」

「你知道她是的。」

「老天，我猜過她或許是這樣，但我又不大想問。」

「把它含在舌下就好，就像這樣。」

「好。她今年十七歲嗎？」

「嗯。現在你就一邊聽聽音樂，一邊等藥效出來吧。」

我們坐在維多的沙發上聽強尼・凱許（或是聲音很像強尼・凱許的誰）。牛仔歌手唱著它的牛仔歌。我想著布蘭卡，感到她一點一點接近，我幾乎可以聽見她的鞋子正踏在樓下的街上，可以聽見她跑上樓的聲音，而門被用力推開。我一次又一次地想像，期待那扇門會在我想像的當下飛一般打開，分秒不差，那眞是美夢成眞。音樂跟牛仔也是這美夢的一部分。而空氣愈來愈濃稠，我的思考好像浮在頭殼外，每個念頭都飄在空中，把那首歌當馬來騎。我開始覺得維多就是唱歌的牛仔。不知爲何，我把它說了出來，儘管我不喜歡互動，我還是開了口。

「維多。」

「嗯?」

「你好像是那個牛仔。」

「嗯,什麼牛仔?」

「唱歌的牛仔,唱牛仔歌的。」

「沒錯,就是我,你聽出我聲音裡的悲傷嗎。」

「我聽出來了。」

「我身體裡好多悲傷。」

「我聽得出來。」

「我認爲你也有相同的痛苦。」

「我有啊,維多,我想見她想得快死了。你不懂。」

「我懂。」

「可不可以給我看看照片也好?拜託。」

「你知道我沒辦法。」

「爲什麼?」

「到沙發上來。」

我坐在維多身旁，藥效正在發作。他握住我的手，我揉著他的手臂，愈來愈用力，感覺還可以。但接著變成我們互相揉搓，磨蹭著對方整個巨大的自我。有點像動物在對方身上拱來拱去那種動作，我想到兩隻老鷹拱著彼此，然後又想起來：老鷹不會這樣做，牠們只會下蛋。我把他推開。

「萬一布蘭卡現在來了怎麼辦？你是她哥耶。」

「那只脫上衣就好，褲子可以不脫。」

「你是同志嗎？」

「我不是說褲子可以不脫嗎？」

「這藥效什麼時候才退？我喝點水的話會不會退得快點？」

「順其自然吧，沒關係的，順其自然。而且根本沒有布蘭卡。」

整整三個小時的時間裡，我完全無法相信他的話。我坐在維多的臥室裡，他留在沙發上；我們等著藥效消失，而我等著布蘭卡。快樂丸的效果完全褪去後，我忽然明白了，他是對的，過去三個月來我好像吸了毒似的，現在我回神了。我走出房間，坐回沙發上。

「我覺得她好像被誰殺了。」

「對不起。」

「你到底有沒有姊妹。」

「沒有。」

「你爲什麼帶我見你的父母？」

「我希望他們死前能見你一面。」

「喔。」

空氣彷彿在不斷堆疊，我擔心自己跟不上它變濃的速度，根本沒法兒思考維多的話。我試著想像自己是一具呼吸機器，我對自己說：你不會因爲過度換氣而死的，因爲你是個呼吸機器，有特別設計的校正功能，可以適應室內空氣密度的變化。

他說：「跟我聊聊女生的事。」

「什麼女生？」

「你喜歡小女孩。」

「不是，是青少女。」

「你都在哪裡認識她們？」

「你說啥？我才不幹那種事，我只是想想而已。」

「那很好。」

「嗯，我才不會幹那種事。」

「就算跟布蘭卡也不會？」

「嗯，或許跟布蘭卡會吧，但她實在是——哎，那不一樣。」

「你不喜歡成年女人嗎？」

「不，目前還不喜歡。」

「你跟女人上過床嗎？」

「有啊。」

「那男人呢？」

「沒。」

維多的手臂環住了我。我覺得反胃，我的老二也反胃，它發熱又發疼，我揉一揉它，想讓自己清醒點，維多也滿臉是淚地揉著它。我想揍他，把他揍穿一個洞，然後把我自己塡進那個洞裡。而我確實做了。他像布蘭卡那般啜泣著，又像個小孩。我射在沙發上，一想到精子會造成什麼後果，我就不願射在他裡面，但他把它從沙發上吃掉，接著給我深深的舌吻，所以，不管精子會造成什麼後果，也都是我的事了。我們睡去，彷彿睡了一百年，然後我們醒來，還是夜晚。維多越過我的身體把檯燈打開。

我們是兩個老男人。一切看來都很一般，太一般了。有隻蒼蠅在我們身邊嗡嗡飛繞，像在告訴我們這房裡發生的事毫不希奇。我想到工作，關於負責環扣裝配的新人，得記得提醒他們熱封槍上面缺了一個螺絲。我知道，如果我講起這些，如果我開口說出「環扣裝配」四個字，那麼一切就會像是從未發生，永永遠遠，阿門。

「我們明天得跟新人談一談。」

「咦？艾碧禮拜三不是訓練過他們了？」

「嗯，但是——」

「環扣裝配」四個字從我濕熱的喉底深處被拉了上來，就在嘴邊。那「ㄏ」音好像一邊做著鬼臉一邊要脫口而出。就在這個瞬間，那隻嗡嗡叫的蒼蠅跌跌撞撞往我耳邊飛來，出於動物本能，我下意識伸手狠揮出去，檯燈給打翻了，滿地的碎片大得奇怪，看起來像來自於一個十二倍大的檯燈。最後是燈泡，如煙花一般炸開，接著火光俱滅，歸於平靜。我們什麼都沒說，忽然回到房裡的黑暗宛如一個問題，揚起眉毛，等待答案。不管接下來我做了什麼，說了什麼，都將決定我的餘生。我沒有說出「環扣裝配」，「ㄏ」的音停留在喉間，積聚著所有聲音。

我咆哮出聲。

維多馬上轉身向我，將他的臉緊貼我的脖子。新的人生輕而易舉地降臨，在一場咆哮之後。

This
Person

這個人

這個人爬上床的時候，悲劇沉甸甸墜在她胸口，卻是一種舒服的重量，像人的重量。

有人爲此興奮起來，某個地方有人正興奮地發抖，因爲一件大事將要降臨這個人身上。爲了這一刻，這個人已穿戴整齊。這個人曾懷抱希望，曾經滿心夢想，而現在眞的發生了，這個人幾乎不能相信。但信不信現在一點不重要，信念與幻想的時期已經結束，一切眞的眞的發生了，現在是向前一步，躬身行禮的時候了，說不定還需要膝蓋著地，像受贈騎士榮勳。一般人不大有受勳的機會，但這個人可能會跪下，讓寶劍輕點雙肩。不過，比較可能的是這個人正在車裡或商店裡，或者遮陽篷底下，或是正在上網，在講電話。它可能會以一封電子郵件的形式出現，主旨寫著：「Re：您的騎士資格。」也可能是一通長長的、蕪雜的、滿是笑聲的電話留言。在這通留言裡，這個人生命中認識過的每一個人，都圍在話筒前，異口同聲地說，「你通過了考試，一切只是場考試，我們開玩笑的，眞實人生比這要好得多。」這個人如釋重負，大笑起來，重聽一遍留言，記下這個人認識過的每一個人口中的同一個地址，他們都在那裡，等著擁抱這個人，帶她進入生命的內裡。這眞令人興奮，而且不是做夢，它千眞萬確。

他們全都在公園的野餐桌前等著這個人。這個人曾經開車經過此處無數次，現在他們全都在這裡，所有人。長椅上綁著氣球。等公車的時候，這個人總站在某個女孩旁邊，那女孩現在揮舞著裝飾用的彩帶。每個人都在微笑，一瞬間這個人對此番景象感到毛骨悚然，而這實在太像這個人的作風了：在最快樂的時刻變得鬱鬱寡歡，所以這個人決定打起精神，加入他們。

在學校裡，這個人不太擅長某些科目，而那些科目的老師都來了，他們親吻這個人，並且對自己的課程不屑一顧。數學老師說，數學只是一種表達「我愛你」的有趣方式，不過，現在他們都直截了當說出口，「我愛你」。化學老師跟自然老師也一樣。這個人看得出來他們是眞心誠意的，一切眞是太神奇了。而人生難免遇到一些混帳白癡或者王八蛋，此時他們卻像整過形似的，整張臉因爲愛而面目全非。從前很帥的王八蛋變得平凡可親，原本很醜的混帳則看來甜蜜動人，現在他們全都在幫這個人摺毛衣，然後收在一個不會弄髒的地方。

不過最棒的是，這個人曾愛過的人也都到了，甚至包括那些已經離開的。他們握住這個人的手，告訴這個人，假裝對她生氣有多難，假裝氣得頭也不回離開有多難。這個人幾乎不能相信，當時一切看來都好眞，這個人碎裂的心獲得治癒，但卻不知該做何感想。這個人幾乎要發怒，但大家安撫她，一邊解釋：爲了知道這個人有多堅強，這完全是必要的手段。喔，還有，有位醫生開過一種藥，這個人吃下之後暫時瞎了一陣子。還有一個男人，這個人窮途末路的時候，他付兩千塊跟她上過三次床。他們也都參加了這場野餐，好像還認識對方的樣子，兩人各拿一小面徽章別在這個人身上，代表了榮譽與勇氣。徽章在陽光下閃閃發光，大家歡呼起來。

這個人忽然覺得必須馬上回去檢查信箱，它是個老習慣，就算從今開始一切將美不勝收，這個人仍然想留著她的信。這個人對眾人說她馬上回來，他們說，好啊，慢慢來。這個人進入車裡，開到郵局，打開信箱，空空如也。儘管今天是星期二，大家都知道星期二最容易收到信。這個人好失望，回到車裡，完全忘了野餐的事，一路開回家，檢查她的語音信箱，沒有新訊息，只有那則關於「考試通過了，人生更美好」的舊留言。沒有電子郵件，可能因爲所有人都在野餐吧。這個人忽然想通了，待在家裡就等於放所有人鴿子，但待在家裡的慾望無比強烈，這個人只想趕快洗個澡，躺在床上看書。

浴缸裡，這個人把泡泡堆在身體周圍，傾聽著千萬微末同時爆裂。那聽來是一道滑順完整的聲音，而不是許多個小小的響動。這個人的胸部稍稍露在水面上一點，她把泡沫堆在胸口，塑出奇怪的形狀。現在所有人應該都明白：這個人不會回去野餐了。大家都錯了，這個人不像他們從前所想像。這個人鑽進水裡，她的頭髮宛如海葵一樣浮在臉旁。這個人能在水下閉氣奇久無比，不過僅限浴缸裡，這個人常想，奧運有沒有「浴缸閉氣比賽」項目？如果有，那這個人絕對能贏。一面奧運獎牌，能夠讓認識這個人的每個人對她刮目相看。但沒有這麼一個項目，因此也沒有刮目相看。而現在她毀了自己唯一被眾人所愛的機會，這個人滿心哀嘆。這個人爬上床的時候，悲劇沉甸甸墜在她胸口，卻是一種舒服的重量，像人的重量。這個人嘆了口氣，這個人眼皮逐漸闔上，這個人睡著了。

It
Was
Romance

浪漫戀愛

我們弄濕對方的襯衫，這場哭泣宛如我們跟前的一盞提燈，為我們尋找新路，遺忘悲傷，許多年前沉靜死去的人們其實根本沒死，一點兒水分就讓他們起死回生。

「這正是人類異於禽獸之處。」她說。「記得把眼睛睜開，你才能看到那塊布。」每個人臉上都蓋著白色的布，光線穿過它們，顯得比較明亮，彷彿它眞的濾淨了房裡的黑暗，濾淨各種人事物散發的黑暗光波。指導員一邊四處巡繞，一邊說話，宛如化成無數分身同時存在。她的面容，她燙過的頭髮，都被遺忘了，只剩下聲音與白色的光，這兩樣東西加在一起感覺就像眞理。

「妳們永遠不可能成爲世界的一部分。」她站得很近。

「每個人都在他面前的方寸之地，造出一個屬於自己的小宇宙。」現在她走到房間的另一邊。

「所以你想想：爲什麼只有人類會接吻？」她又走近了。

「因爲臉前面的範圍是最私密的，」她吸一口氣，「這也是爲什麼人類是唯一懂得浪漫的動物！」

我們都沒說話，躺在布巾之下納悶：她怎麼知道？那狗呢？不是說狗的感官敏銳度是人類的一百倍嗎？但大家無法交換懷疑的眼神，而她的聲音中又有種活靈活現的篤定感，讓你解放，讓你頓悟，讓你就這樣相信她的說法。一根手指若能臣服於整隻手，又何必將它特別拉起來？管事的是手，當然是手！手指跟手渾爲一體的，沒有差別，拴在一起共體同命。我看見穿過白布的光。

「不過，妳面前的小宇宙是幻覺，浪漫戀愛也是幻覺！」

大家愣了半晌才倒吸一口氣。我們這群人不太靈光，傳遞白布的時候亂得雞飛狗跳，最後才找出方法：每個人拿一條，其餘的傳下去。

「浪漫戀愛不是眞的，眼前那塊布底下的世界也不是眞的。但你們是人類，因此千萬別把布掀開，這樣妳們就有機會成爲妳所能成爲最浪漫的女人。浪漫戀愛，這是人類的特長。現在妳們可以把布掀開了。」 這讓人有點爲難，因爲我們是人類。但白布自己滑了開來。禮堂裡感覺比先前更暗了。我本來還希望大家都會變成另一種動物，那種屬於世界之一部分的動物，但這塊布彷彿是個隱喻。四十個女人，在星期六早上聚在一起，想要變得多情又浪漫。有個女人的布還蓋在臉上，大概睡著了。

我們很努力，想要有所收穫。我們反射著對方的動作，吸氣時想著「不行」，吐氣時想著「可以」。我們雙手環抱腳踝，假想那是某人的腳踝，然後我們試著逃開，假裝是那個人正在逃開。那個我們愛過的人，他試著要逃開，於是我們抓住他的腳踝。吸氣，「不行」，吐氣，「可以」，我們放開手，讓它跑開，四十個女人繞著禮堂轉圈圈，最後我們回到中間圍成一圈，開始討論費洛蒙以及人類身上的各種氛圍。

「記住，妳們不必讓全世界變得浪漫，甚至不用讓整間臥室變浪漫，只要面前這塊小小空間就可以，它非常容易管理，就算職業婦女都會同意。當他望著妳的時候（或者女生的她也可以，浪漫戀愛沒有偏見），視線就得穿越妳面前醞釀的氛圍。那麼，妳面前這塊地方是混濁的嗎？還是玫瑰色的？還是一團迷霧？大家可以趁午餐時間想一想。」

我們一邊吃三明治，一邊將視線穿越彼此面前的氛圍。空氣看來相當清澈，但事實或許不然。這段時間裡我們努力思考，喝著主辦單位提供的汽水。一切可能就要不同。

我獨自站起身到走廊上，將臉貼著牆面，木紋貼皮的牆面跟很多其他東西一樣，聞起來有一股尿味。浪漫戀愛。我的公寓。浪漫戀愛。我的本田汽車。浪漫戀愛。我的皮膚。浪漫戀愛，我的工作。

我轉過頭去，將另一邊臉頰貼緊牆面。

鈴聲響起，我們該回去集合準備做課程最後的心得分享了。浪漫的愛。我一個志同道合的朋友都沒有。浪漫戀愛。靈魂。浪漫戀愛。外星生物。浪漫戀愛。我往下看向大廳，裡面有幾個人，包括泰瑞莎，我呼吸練習的搭檔。我們試著將呼吸的節奏合併或錯開，討論這樣感覺如何，又是哪種更羅曼蒂克一點。答案是錯開比較好。

我走下大廳，看到泰瑞莎靠著一張椅子坐在地上。不妙，這是滑坡現象（註5），人最好是坐在椅子上，餓了就吃，累了就睡，起來就工作，但這些我們都經歷過了。椅子是為人類製造的，但你不太確定自己是否為人。我在她身旁跪下，揉揉她的背。我忽然覺得這有些過於親密，於是停下動作，但這又顯得太冷漠了，所以我拍拍她的肩。如此一來就只有三分之一時間眞正碰到她的身體，另外三分之二的時候，我的手不是正在接近她，就是正在離開她。拍著她的時間愈長，一切就愈形困難：我過度在意動作之間的間隔，難以拿捏自然的節奏。我覺得自己好像在敲一面康加鼓。此念一出，我忍不住打出「恰恰恰」的拍子。泰瑞莎開始哭泣，我停下來，抱住她，她也抱住我。事情被我弄壞了，我把泰瑞莎內心深處的哀傷壓入更深一層，而我也在那層哀傷裡，兩人的悲怨之情合流，滿溢出來，我們一起哭，嗅到對方洗髮精的味道，嗅到對方用哪個牌子的洗衣精；我聞出她自己不抽菸，但某個她所愛的人會抽，而她可以感覺到我曾經是個胖子，不過跟基因無關，而且也只有一段時間而已，因爲後來我又找到人生的方向。我們牛仔褲的破洞彼此貼著，我們的乳房交換著它們疲倦的生命史——有時是過度利用，有時是打入冷宮；有時是洪水，有時是饑饉，有時是無所謂啦你趕快走。我們弄濕對方的襯衫，這場哭泣宛如我們跟前的一盞提燈，爲我們尋找新路，遺忘悲傷，許多年前沉靜死去的人們其實根本沒死，一點兒水分就讓他們起死回生。我們愛過一些實在不該愛的人，爲求遺忘這些絕望的愛，我們跟別人結婚；我們都曾將頭伸入世界這個沸鍋裡大喊：「哈囉！」但在任何人來得及回應之前，我們馬上逃開。

註5：slippery slope，取自所謂的「滑坡論證」，意即情況一旦有了壞的開始，接下來就會一路滑落，惡化到底。

總是在逃開，總是想回頭，總是愈來愈遠。最後就像電影裡的一幕：女孩將頭伸進世界的沸鍋裡大喊：「哈囉！」而妳成了跟丈夫坐在沙發上看電影的女人，他的腿架在妳膝上，而妳好想上廁所。一般而言，哭泣的原因不出那幾個，但最重要的原因其實是爲了將面前的空氣浸濕。這就是浪漫戀愛。浪漫戀愛不是什麼「墜入愛河」之類的，而是分享彼此肩與肩，胸與胸，大腿與大腿之間的空氣。有好多空氣可以分享。我們的哭泣逐漸慢下來，然後停了，接著是漫長凝固的暫停——「再見」——我們分開身體。接著是欣快感，宛如夏威夷的微風吹乾眼淚，清理出一條回到現實世界的途徑。在這兒眞好，在這椅子旁眞好，我們握住對方的手，假做尷尬地笑著，但很快就變成眞的尷尬。

泰瑞莎很快拍拍屁股站起來，好像剛剛跌了一跤，我拉拉身上開襟衫的袖口。我們穿過大廳，走進講堂，剛好趕上幫大家收拾椅子。這裡收拾椅子沒什麼章法，我們一不小心就弄得這一堆那一堆，每堆都好重，沒辦法將它們歸在一起。那些不同高度的椅子堆最後就這樣孤零零各自站著，然後我們拾起皮包，走向自己的車。

Something
That Needs
Nothing

無所求的東西

她會了解她離去的這段期間，時間也靜止了嗎？而就算她當真了解我為了她做到了這麼了不起的功業，那又如何？她從不感激，也從不憐惜……

在理想的世界裡，我們應該是孤兒。我們感覺像孤兒，也覺得應該得到孤兒所獲得的憐惜，可是也夠尷尬的了，我們有父有母。我甚至還父母雙全。他們是無論如何不會讓我走的，所以我不告而別；我收拾了一個小小的行囊，留下了一封信。前往小琶家途中，我兌現了畢業支票。之後我坐在她家門廊上，假裝我十二歲、十五歲，甚至十六歲。在這三個年齡，我都夢想過今天；甚至想像自己坐在這裡，最後一次等待小琶。她的問題與我正相反：她媽媽很樂意讓她走。她媽媽兩腿浮腫，但這只是冰山一角，她還有更嚴重的病症，所以她總是把大麻拿來當藥用。

我們要走了，媽。

走去哪裡？

波特蘭。

能不能先幫我做件事？能不能把那本雜誌拿過來？

我們急於展開新的人生，就像那些無依無靠的人。找公寓輕而易舉，因爲我們一點也不挑剔；我們只是很驚訝，這是我們的門，我們的爛地毯，我們的蟑螂大軍。我們以彩色紙帶和中國燈籠裝飾，而且我們同睡在附贈的骨董床鋪上。我們之中有一個覺得興奮刺激。我們之中總是有一個愛著另一個。我們之中有一個總是心中的渴望無法滿足。可是我們從小就認識，似乎注定要像孩子一樣睡眠，或是像老夫老妻一樣，因爲是在性革命之前相遇，太害羞，學不來新的把戲。

我們很興奮找到了工作；我們差不多到哪兒都填表。可是一旦受僱——工作是以砂紙磨光家具——我們還眞不敢相信別人整天就幹這種活。我們所想到過的「世界」，其實都是別人的工作成果。人行道上的每條線，每片蘇打餅乾。人人都有爛地毯和一扇門得付錢。驚忡之餘，我們辭職了。過日子一定有比較有尊嚴的過法。我們需要時間細細思量，得想通我們是誰，再譜出人生的樂章。

懷著這個目標，小琶想出了一個新計畫。我們毅然決然去執行；一連三個禮拜，我們寫了又寫，改了又改，請當地報紙刊登我們的廣告，最後《波特蘭週刊》終於刊登了；廣告看起來不再像是公然賣淫，然而，若是有心人，也絕不會誤判其中的涵義。我們鎖定了愛女人的富婆。眞有這種人嗎？所以我們也願意接受家境小康而有積蓄的女人。

廣告刊登了一個月，我們的語音信箱應接不暇。每天我們都篩揀掉上百個男人，想找出那名願意幫我們付房租的女子。可是她姍姍來遲，她說不定壓根兒沒看到這分免費週刊上的這一欄。我們變得焦躁不安。我們知道唯獨這個方法才能讓我們賺錢而不需要委屈自己。希爾德伯蘭先生，我們是否能以折價券付房租？不能。他對小琶的外婆借給她的舊相機是否有興趣？沒有。他要的是傳統的付房租方式。小琶不屈不撓，開始篩揀留言，想找到一個溫和的男人。她聆聽留言，而我盯著她男孩氣的臉龐，頓時明白她嚇壞了。我想到她小小的臀部，像極了麵包，還有她腿間溫暖的複雜世界。拜託讓他是個羸弱的人。我如此祈禱。一個只想要看著我們穿內衣跳來跳去的男人。突然間，小琶咧嘴一笑，寫下了一個名字。黎安。

公車把我們在黎安電話中描述的碎石車道頭放下。我們告訴她我們叫做愛絲翠和塔露拉，我們希望「黎安」也是假名。我們希望她穿著吸菸外套或掛著一條蟒蛇。我們希望她對安內．寧（註6）的作品很熟悉。我們希望她跟電話中人並不一樣。不窮，不老，不願意付錢給長途跋涉到人口僅二百一十人的內哈倫鎮，只爲了跟她作伴的人。

小琶跟我沿著碎石車道前進，盡頭是一棟褐色小屋。裡頭燒著什麼難吃的菜餚，沒進屋我們就聞到了。這時，一個女人站上門廊，還皺著眉頭。我們很難斷定她的年紀，因爲我們正處於對年長的身體視而不見的階段。她可能跟我母親的姊姊同齡。而且，她跟琳阿姨一樣，也穿毛線褲，皇家藍毛線褲，上身是過大的襯衫，附有鑲飾，衣領是活動衣領。我因爲緊張害怕，一顆心像氣球一樣鼓脹。我望著小琶，在那電光石火的一秒鐘，我覺得她在我更宏偉的人生計畫中並不是什麼特殊的人物，而僅僅是某個女孩子，把我綁在她腿上，在她往橋下跳後，幫她沉入水底。我一瞬間，立刻又愛上了她。

她揮手，我們一起揮手。我們一直揮手到可以說嗨的距離，然後我們說嗨。現在我們到了可以擁抱的距離了，可是沒有擁抱。她說進來吧，就進去了，裡面很暗，沒有小孩。當然不會有小孩。小琶立刻就開口要錢，這是我們事先說定的。開口要東西實在很恐怖。我們希望是一無所求的東西，就像油漆。可是就連油漆也需要重新上漆。李絲莉說她沒料到我們這麼年輕，要我們坐下來。我們坐在一張舊漆布沙發上，而她離開了房間。這是間糟糕的房間，處處都堆著雜誌，家具活像是汽車旅館搬來的。我們不看彼此，也不看會反射的東西。我瞪著自己的膝蓋。

漫長一段時間過去，我們不知道她去了哪裡，接著，慢慢的，我能感覺到她就站在我們背後。我剛明白這點，她就用指甲順過我的頭髮。我不覺得她是上下其手的那一型，可是現在我知道自己有多無知。開始了，每一秒鐘都更接近結束。我跟自己說長指甲等於財富；財富總是能讓我冷靜下來。我假裝嗅到了香水。說不定我們都使用昂貴的洗髮精呢？說不定我們總是遊戲人間，什麼也不在乎呢？我的頭放鬆了下來，做那種想像自己化成一攤蜂蜜的運動。我的心跳慢了下來，變得好像沒有作用。我只是每隔四秒活一次，整個小時我只記得十五分鐘。我看見她站在我們面前，穿著襯衣，並不算乾

註6：安內寧（Anais Nin, 1930~1977），法國女作家，以其日記聞名。

淨，而我死了。我看見小琶脫掉鞋子，而我死了。我看見自己擠捏乳頭，而我死了。

回家的漫長車程中，我們兩人都沒開口。我們就像是一隻手拉住的兩只風箏，各往相反的方向飛。我們剛賺到的錢也攥在那隻手上。小琶在回家路上買了一包薯片，這下子我們的房租又短了一塊九毛九。現在情勢很明顯了，我們應該抬高價碼。小琶把錢放進信封袋，寫上「希爾德伯蘭先生」。然後我們站在那兒，各站各的，全身瘀青，散發出黎安的味道。我們互轉過身去，開始扯緊我們小小的哀愁之繩。我放了洗澡水。剛踏入浴缸，就聽見前門關上，瞬間僵住；她走了。有時候她會這樣。在別的情侶吵架或團結的情況，她卻會離開我。我一腳跨在浴缸裡，靜待她回來。這一等竟是漫漫無期，後來我終於明白今晚她是不會回來了。可要是我一直等下去呢？要是我一絲不掛站在這兒等著她回來呢？那麼，她一走進門，我就可以結束這個姿態，坐入已經變冷的水中。以前我做過這類傻事。我躲在汽車底下幾小時，等著她找到我；我反覆寫同一個字，寫了七千次，只爲了要將時間化爲魔法。我研究著在浴缸中的位置。踩進水中的那隻腳已起皺。夜幕降臨後我會有什麼感覺？等到她回家，她又會花多少時間才會往浴室裡看？她會了解她離去的這段期間，時間也靜止了嗎？而就算她當眞了解我爲了她做到了這麼了不起的功業，那又如何？她從不感激，也從不憐惜。我快速清洗，動作誇大，擊退了蔓延肢體的麻痹。

我在我們的斗室內踱步。壓根兒就沒想到要到屋外去；沒有她，我在城裡分不清東西南北。有她在，我只有一件事做不到，所以過了一會兒，我在沙發上躺下來，做了這件事。我閉上眼睛。所有老舊的回憶，我們那時是六到八歲大。我們躺在她媽媽的沙發床上，蓋著被單，不然就是在我的上下鋪的上鋪，不然就是在她家後院的帳篷內。每個位置都有其影響力。但無論我們在哪裡，事情的開端都一樣，小琶會喃喃說我們交配吧。她騎到我身上；我們緊擁住彼此的背，互相摩擦小小的臀骨，想擦熱肌膚。做對了的話，那種感覺會像一盆水，從頭澆到腳。

可是就在我快高潮了，我注意到空中響起喀嗒聲，輕輕的，卻無法忽視，令人不分心也難。我抬起頭。在我頭頂上，五個中國紙燈籠以自己的節奏微微搖晃著。我伸手去抓，這才恍然是怎麼回事，可是卻來不及阻止自己。我搖晃了一盞燈籠，就從燈籠的底座，一群蟑螂蜂擁而出，就連往下掉時腳還不停的爬動，連觸地都還沒有，牠們就在計畫要如何征服降落的土地了。蟑螂撞到地板，卻沒有死，連死亡的念頭都沒有。牠們拔腳就跑。

小琶終於回來了，我們一致同意黎安這種客人太划不來。但是幾天後，我們在「德州巴黎」這部電影裡看見了娜塔莎．金斯基。她穿著一件紅色長毛衣，在脫衣秀裡表演。我覺得這倒是相當輕鬆的工作，只要哈利·迪恩·史坦頓不現身。可是小琶不認同。

不行。我才不幹。

我可以自己一個人來。

這話惹惱了她，氣得她還洗了碗。我們除非是想故示偉大以及自我毀滅，否則是不洗碗盤的。我立在門口，不想先打破沉默，盯著她刮去已變硬的麵條。說實話，除了恨父母之外，我尚未學會恨別人。我眞的就只是站在那裡，心頭盈滿了愛戀。我也並不算眞的站立著；要是她突然走開，我就會跌倒。

我不幹，休想。

妳的口氣好像很失望。

我沒有。

沒關係的；我知道妳想要他們看妳。

誰？

男人。

我沒有。

要是妳去做了，我就不能再跟妳在一起了。

這句話可以說是她跟我說過最浪漫的話了，意味著我們同居並不是因爲我倆是從小一起長大的，也不是因爲我們誰也不認識，而是因爲別的原因。因爲我們都不想要男人盯著我們看。我告訴她我不會到脫衣秀去工作，她聽了就把碗盤丟下不洗了，也就是說她現在沒事了。可是我卻有事。十年來，我們只撫摸過三次。

一、她十一歲那年，她叔叔想調戲她。她告訴我這件事，我哭了，而她揍了我的下巴一拳，我痛得身體蜷縮成一團，縮了四十分鐘，最後她來把我扳開。我緊閉著眼，她把我的膝蓋從胸前拉開，我能感覺到她盯著我的身體，而我知道只要不把眼睛張開，就會發生，而果然就發生了。她一手滑進了我的內褲裡，到處撫摸，最後找到了她知道在自己身上的那個部位。接著她以暴烈、動物似的動作搖動手指，很快就給了我那股熟悉的衝擊。事後，她要我別跟任何人提起，我不知道她指的是跟我的事，還是她叔叔的事。

二、我們十四歲，第一次喝醉，大約有九分鐘的時間，無論什麼事都很有可能，而我們親吻了。這次經驗似乎很正常，很有未來，所以在往後的幾天裡，我等著更多的親吻，說不定還有交換戒指或是小墜飾之類的。可是什麼也沒交換。我們仍是各自保管各自的東西。

三、高中最後一年，我暫時交了另一個朋友。她是個普通的女孩子，叫做泰咪，她喜歡史密斯樂團。我是不可能愛上她的，因為她跟我一樣的可悲。每天她都會把心裡想的事告訴我，而我猜一般女孩子大概也都是這樣。我也想談談我自己，非常想談，可是卻不知該從何說起。她總是超前我很大的距離，她寫的流水帳小詩總是會提到她作過的夢。所以我也只是跟她鬼混，微微的模仿小琶。小琶並不把泰咪放在心裡，但是她卻對這段正常的友誼略感興趣。

妳們兩個都做什麼？

沒什麼。聽歌之類的。

就這樣？

上週末我們做了花生醬餅乾。

喔。那可真刺激。

妳是在冷嘲熱諷嗎？

不是，我是說真的。

於是下次我到泰咪家，她也跟著去。這害我有點緊張，因為泰咪的父母總是在家。一般家庭的父母都不曉得該如何看待小琶，因為她比較像男生，而不像女生，所以做母親的會覺得她輕佻，而做父親的又莫名其妙感到受威脅。可是我們進去時，泰咪的父母正在看電影，只是漫不經心地朝後揮揮手。和我說的一樣，我們只是聽歌。小琶問我們要不要做花生醬餅乾，但是泰咪說材料不齊。說完她躺在床上，問我們兩個是不是女朋友之類的。房間立刻充滿了可怖的空洞。我瞪著窗外，腦子裡喃喃重複著「窗戶」兩個字，我正準備要無止盡的念著「窗戶窗戶窗戶」，突然小琶回答了。

是啊。

酷。我有個表哥也是同志。

泰咪說她的房間是個安全空間，我們不需要假裝，接著她拿出了表哥送給她的粉紅色霓虹貼紙，貼紙上寫著「去他的性別」。我們三個默默看著貼紙，消化它的雙重意義——至少是雙重意義，說不定還有更多重。泰咪似乎是在等待什麼，彷彿小琶跟我一看見貼紙大膽的命令就會撲向彼此。我知道我們讓她失望，只是乖乖坐在床上。小琶一定也感覺到了，因爲她猛然勾住我的肩膀。這是絕無僅有的一次，我自然是全身僵住。接著她一點一點把我的身體調整成一個隨意的姿態。我嘆了口氣，一手按上她的大腿，小琶只是眨眨眼。泰咪看得目不轉睛，甚至還輕輕點頭，像在表達同意，隨後又回頭聽起音樂來。我們聽著史密斯、地下絲絨、糖立方體等樂團的歌曲，小琶跟我始終黏在一起。過了一小時二十分，我的背痛，手也麻痹變青，和身體似乎不連在一起。我有禮的告退。

躲進粉粉的、溫暖的浴室裡，我覺得好幸福。單獨一個人，驀然間我覺得狂野。我鎖住門，對鏡做了一連串不由自主的怪異動作。我對著自己揮手，像個瘋子，又扮了幾個一點也不可愛的鬼臉。我洗手，好像兩隻手是小孩子，摟摟這個，又抱抱那個。我正經歷一陣自我的發作。科學上的說法是最後努力。這種感覺來得快去得也快。我用藍色小毛巾擦乾了手，走回臥室。

我一看見就知道是怎麼回事。我知道我會發現她們兩個那樣子倒在床上，我知道我會目瞪口呆，我知道她們會倏地跳開，一面擦嘴。小琶不會看著我的眼睛。我再也不會跟泰咪說話。我知道我們都會從高中畢業。我知道小琶跟我會照原定計畫同居。而我也知道她不想那樣子要我。她從來都不想。其他的女孩，任何的女孩都行，只要不是我。

既然付了房租，我們自覺有權向房東提起蟑螂爲患的情況。他說他會找人來處理，不過我們還是別抱太大的期望比較好。

爲什麼？

不只是妳們的公寓這樣；整棟樓都讓蟑螂攻陷了。

那說不定你該找人來給整棟大樓除蟲。

沒用的；還是會從別棟樓跑過來。

那是一整條街都不乾淨了？

是整個世界。

我跟他說那就算了，立刻掛上電話，以免他聽見小琶敲釘子。我們在做些變革；說得更詳細一點，我們是在建造地下室。我們的公寓很小，可是天花板卻很高。我們的頭頂上有大片未經利用的空間，實在是教人看著難受。小琶認爲閣樓是嬉皮專用的，所以即使我們的公寓是在二樓，她仍然畫了一張設計圖，我們住在離天花板很近的主樓層，遇上心情煩悶的時候，就爬樓梯到地下室去。我們會把沉重的東西放在地下室，比方說是冰箱和浴缸，但其他的東西則留在樓上。我們兩個都能在腦海中清楚構築出完美的地下室圖樣。它有潮濕的、礦物的氣味。天花板間會滲入暖意和光線。上頭是家。晚餐在上頭等待我們。

建築地下室有許多冠冕堂皇的理由，其中之一就是能夠拿到免費的木料。小琶認識一個女生，她父親是貝瑞曼木材行的老闆。凱蒂．貝瑞曼。比我們小一年，上的是私立高中，就在小琶外婆家旁邊。我沒見過她，但我很高興我們在利用她。我們在進行一種十分鬆散、十分零星的階級鬥爭，因此偷竊一概都成爲必要之惡。沒有一個人、一種生意、一間圖書館、一家醫院、一座公園，是我們不偷的，無論是在心理上，抑或是歷史上，因此，我們始終都在奪回屬於我們的財物。凱蒂費力把大片的合板從她父母的休旅車後座拖出來，可能以爲是在補償我們。她把合板留在我們那棟樓後面小巷裡，駛走前鳴三次喇叭。一聽見信號，我們就會踱出大樓，假裝是去散步，有時甚至還停下來買個汽水，信步所之，再一時興起，決定彎進小巷裡。我們把合板抬上樓，相當肯定我們瞞過了所有人。我們總是能帶著戰利品全身而退，可見得總是有人在眷顧我們，也就是說德不孤必有鄰。

每天早晨小琵都會列清單，載明今天待辦的雜事。清單的第一項必定是「上銀行」，因爲銀行供應免費咖啡。下面的項目往往語焉不詳——查詢折價券、借書證？——可是清單仍然給我一種溫馨的感覺。我喜歡看她列清單，知道今天的一切有人主導。晚上我們會討論如何裝潢地下室，可是白天我們的進展卻很慢。大部分的時候，我們有的只是一堆木板，有的斜靠著牆，有的橫放在沙發上，像是未經訓練的狗。

有一天我們正忙著在廚房的漆布地板上釘柱子，小琵忽然又決定我們需要某種的支架。

妳確定嗎？

確定。我會打電話給凱蒂，她會弄來。

她不是在上學嗎？

沒關係。

小琵撥了電話，隨後去洗澡。我繼續把長釘子敲穿柱子，釘入地板。柱子終於穩固了。我覺得很有成就感。杜子沒辦法承重，可是它的確是挺立在那兒，幾乎跟我一樣高矮，我忍不住給它取名字，它那樣子就像是一個叫葛雯的人。

電鈴響起，小琵濕淋淋的去應門，是凱蒂。我坐在廚房地板上抬頭看她，她穿著制服，但是兩手並沒有拿著支架。說不定她是藏在裙子裡。

支架呢？我問。

凱蒂的眼中閃爍著驚慌，注視著小琵。小琵拉住她的手，朝我轉來，說，我們有話要告訴妳。

剎那間，我好像凍結了。我的耳朵好冷，我得用兩手緊緊壓住。但我立刻就明白這模樣會讓我看來像不願意聽眞話而掩住耳朵，就像是非禮勿聽的猴子玩偶。於是我摩擦雙掌，問，你們的耳朵會冷嗎？小琵不回答，但是凱蒂卻搖頭。

好吧，說吧。

凱蒂跟我要搬到她父母的房子去住。

爲什麼？

什麼意思？

妳偷了凱蒂他爸那麼多東西，他一定不願意讓妳住進他家的。

我會在他店裡幫忙，把錢慢慢還給他。說不定我賺的錢還能買車呢。

我思索片刻。我想像小琶駕著汽車，是輛福特T型，戴著護目鏡，頸上的圍巾在背後飛揚。

我能不能也到貝瑞曼木材店工作？

小琶突然發起火來。得了吧！

怎麼？不行嗎？不行的話妳就直說啊。

妳故意裝迷糊！

什麼？

她舉起凱蒂的手，緊緊握住，在空中搖晃。

突然間，我的耳朵好燙，像著火了，我得兩手拚命的搧。這下子惹火了小琶；她抓起背包，大步離開了公寓，凱蒂立刻追上去。

我不能就這麼讓她一走了之。我衝過走廊，撲在她身上，卻被她甩下來；我兩條手臂死命抱住她的膝蓋，哭泣哀叫，可不是卡通裡演的那樣——這是眞正發生的事。萬一她走了，我就會變啞巴，就像那些目睹了恐怖暴行的兒童。除了這些兒童，誰也不會了解我。小琶硬把我的手指從她小腿上掰開。凱蒂跪下來幫忙，她那種布丁似的肌膚一碰到我，我立刻湧起一陣反感，我想要戳穿她的肌膚，所以我轉而撲向了她的胸口。小琶趁著這個機會，疾步下樓，而凱蒂不知怎麼也已跟在她後面。我手上揪著凱蒂的開襟毛衣，緊追不放，看著她們匆匆鑽進凱蒂的汽車。車子駛離前，我閉上眼睛，撲向人行道，躺在地上。這是我最後的希望——希望小琶會可憐我。我聽見她們的汽車引擎空轉。我傾聽街上的車輛以及行人小心翼翼繞過我行走。我幾乎能聽見凱蒂和小琶在車裡爭吵，小琶想下車幫我，凱蒂卻催她快走。我把一邊臉頰貼著地面，暗暗祈禱。高跟鞋朝我過來，停下；一名婦人問我怎麼了。我喃喃說沒事，默默懇求她走開。但是婦人卻不肯走，逼得我只好睜開眼睛，叫她走開。而凱蒂的車子已離開了。

我把電話拉到床上，整整睡了三天。我不時會睜開眼睛，一想起發生的事，我就會又落入無意識的狀態。夢裡我知道我正挖著地道通向她那兒——要是我挖得夠深，就能找到她。我爬過地道，可是地道越來越狹窄，最後細窄得有如打了結的髮絲，我只能亂撕亂扯。

第三天下午，電話響了。我從肥土層那麼深的床鋪裡把電話拉出來。我想要她從聽見我的聲音的那一刻起，知道我要死了。我發出了極怯懦、極悲慘的聲音，像小石子掉落。喂。

是房東希爾德伯蘭先生。在荒誕不經、變幻不定、像是科幻小說的現實中，房租到期了。才不過一個月前我們才用黎安的骯髒錢付過房租。我掛上電話，環顧房間。我的柱子仍挺立在廚房裡，默默無言。房間中央顫巍巍立著一個餐桌似的架構，是樓上的第一個平方呎。我爬到下面，想像小琶和凱蒂跟貝瑞曼夫婦共進晚餐。那是小琶常常描述的情節。我們每經過一家漂亮的屋子，她都會假設屋主只要知道她撥得出時間，就會邀她跟他們同住。她自認爲是個魅力十足的街頭頑童，有錢母親的寵物。其實是笑話。世上沒有一樣東西不是騙人的，我陡然明白了這一點。沒有什麼眞的要緊，也沒有什麼輸不起的。

我走進浴室，往臉上潑了幾把水，一點也不難。事實上，什麼也難不倒我。我脫下了穿著睡覺的牛仔褲和T恤，全身赤裸，蹲在地板上，用紙箱切刀切掉了褲管，再穿上褲子，就像手巴掌那麼丁點大。手巴掌那麼丁點大。我又割破了T恤，把「若你愛爵士」留在地板上，剩下的「按喇叭」三個字剛夠遮住我小小的胸脯。不過，嘿，嘿，我要離開公寓了。我走在走廊上，鄰居門上掛了一只小籃，裡頭裝了不新鮮的蘋果，還有一張紙，寫著「送給鄰居，請拿一個」。嘿，我餓了，就拿了一個，門忽然打開。我其實不算見過這個鄰居，不過現在看得出來她是個毒蟲。一個老毒蟲。而且她穿著毛衣，我知道這件毛衣是她在走廊上撿到的。那是凱蒂的開襟毛衣。她要我再拿一個蘋果，然後她要求擁抱。我用力擁抱了她，兩隻手都拿著一個蘋果。上個星期我會不敢碰她，但現在我知道什麼也難不倒我。

我沒有錢坐公車，所以就走路。距離非常的遠，就算是一匹馬跑到那兒去都會累壞。如果是小鳥往那兒飛的話，那就叫遷徙。不過一點也不難，也不過就是花點時間罷了。穿著迷你短褲和「按喇叭」的一半T恤走過小城是嶄新的經驗。開車族連這三個字都沒看見就按喇叭了。我常常覺得會被人從背後用箭或槍射殺，但事實不然。世界並沒有比我先前想的安全；正相反，就因爲太危險所以我的幾近全裸反而是恰如其分，就像是車禍，每天都會發生。

我要去的地方是一家連鎖商場，介於寵物店和兌換支票店之間。我問櫃台的人是否要請人，他給了我一張表格，夾在寫字板上，要我塡寫。我寫完遞回給他，他卻瞪著看，眼珠子動也不動，我以爲他或許不識字。結果他說要是晚上九點再來，就可以上工了。我說，好極了。他說他叫做艾倫，我說我的名字是葛雯。

我在商場晃了三個鐘頭。寵物店打烊了，但我還是可以看見玻璃窗後的兔子。我的十根手指都按著玻璃，有一隻老邁的垂耳兔疲憊地朝我蹦來，先用一邊眼睛看我，再用另一邊眼睛看我。牠的鼻子抖動，有一會兒，我感覺牠認得我。牠以前認識我，就像是教過我的老師或是我父母的朋友。兔子的眼睛掃過我的衣服，嗅了嗅我狂亂的、悲傷的迫促，猜到我心裡沒有什麼好念頭。接著我站起來，撢了撢膝蓋，走進了偷窺先生成人錄影帶店＊＊＊。

那個「＊＊＊」部分在後面。艾倫把我帶進去，跟一名叫克莉絲蒂的女人在一起。她坐在一張綠色塑膠庭院椅上，穿著粉紅色的歐什喀什（OshKosh）連身裙。凝視著那些牢固的金色鈕釦，我不禁納悶是否所有熟悉的事物都是秘密性愛地下世界的一部分？她帶我到隔間去，開始把人造陽具、瓶子、一串串珠子裝入一個愛迪達運動提袋裡。愛迪達的。她的工具陳列在一方舊花毛巾上，我知道要是我去嗅，那味道會跟我奶奶一樣。我奶奶。克莉絲蒂把毛巾拿來包住一個空的小果醬罐。

幹嘛啊？

尿尿。

就連尿尿也包了。她把價目表給我看，又帶我看了投錢口。她一手劃過空中，描述著帘幔會如何捲起。她用穩潔和紙巾擦拭電話筒，告誡我絕不可以讓電話黏答答的。說著，乾淨俐落的一個動作，她把又長又稀少的頭髮綁成了馬尾，把愛迪達甩在肩上，離開了。

錄影帶店感覺很安靜，像是圖書館。我坐在綠色塑膠椅上，拉拉T恤和短褲。螢光燈嗡個不停。我抬頭看燈，想像是螢光燈，而不是群星，在漫長的文明之中高掛在天空。螢光燈嗡嗡叫過了冰河期和尼安德塔人時代，現在則在我的頭頂上鳴叫。我站起來，走向隔間。我沒有什麼東西可以擺在毛巾上；甚至連毛巾都沒有。我身上只有公寓的鑰匙。要是今晚沒賺到錢，就得要一路走回去。在晚上。這一身的打扮。我現在的情況特殊，需要脫衣秀才能保障我的人身安全。

我練習把電話從鉤上拿下來，做了五次，一次比一次快，彷彿這就是我賺錢的技能。我思索著要對著聽筒說的話。除了罵人之外，我從沒說過這種話。我盡量把這些話想像成很具誘惑力。我盡量對著電話說得很嫵媚，可是話一出口卻像是口裡含了一顆蛋。萬一我說不出來怎麼辦？那情況會有多尷尬？客人會要求退錢，我會沒辦法搭公車回家。驚慌之下，我一口氣說完了我所知的每一個髒話：吸老二舔卵葩的騷娘們妓女屄舔屄肏屁眼。我掛上電話，至少我能說出口了。

我在塑膠椅上坐了三個多鐘頭，期間，兩個男人進了錄影帶店，他們都從錄影帶架間偷窺我，但都沒走到後面來。第二個男人離開後，艾倫從櫃台後吆喝。

那是第二個妳眼睜睜放走的了！

什麼？

妳得更主動一點！不能光是呆呆坐在後面！

了解！

二十分鐘後，一個穿黑色運動衫的男人進來，他從一架雜誌間偷窺我，我站了起來，朝他走去。他的運動衫上有銀河圖案，有個箭頭指著一個小點，一排字寫著「你在這裡。」那人抬頭看我，假裝吃了一驚。在我的想像中，他會本能地摘掉帽子，因爲有女士出現，不過他並沒戴帽子。

你有興趣看脫衣秀嗎，先生？

啊，好啊。

他跟著我到後頭，我們暫時分道揚鑣，又在隔間裡會合。中間隔著有布幔的玻璃。我聽見魔鬼貼皮夾打開，二十塊錢叮鈴落入了鎖住的塑膠箱內。布幔升起，他已經掏出了那話兒，另一手握著電話。我也拿起了電話，可是不出所料，我啞掉了。我呆站在那兒，動彈不得，彷彿立在峭壁邊緣，腳下是冰冷的湖泊。我向來就不擅於勇身下躍，放開一件要素，擁抱另一件。我可以一整天就這麼呆立著，讓別的孩子搶在我前頭。他正在上下搓弄，看在我眼裡很是奇怪。這不是每天都看得到的事情；其實，我壓根兒就沒看過。他對著電話說了什麼，但我沒聽見。儘管我們距離很近，收訊卻不是很好。

你說什麼？

妳能不能把衣服脫掉？

喔，好。

打一開始我們受的教育就是不能在陌生人面前寬衣解帶。文明的第一條守則其實就是衣要蔽體，就連鴨子或熊穿上衣服都顯得文明得多。我脫掉了牛仔短褲，從頭上拉掉

T恤，一絲不掛站在那兒，像頭熊，像隻鴨。那人專注地盯著我，我蒼白的胸脯，腿間的一叢恥毛，目光來回梭巡。他偶爾會看我是否也注視著他。我費力地瞪著他的老二，希望這樣就夠了。可是幾秒過後，他問我是否喜歡我看見的東西。我又一次立在峭壁邊緣，孩子在我下方潑水，吆喝著跳啊！但我知道往下跳就像死亡，我必須要放開一切。我思考著擁有的東西。她沒打電話來，也不會打來。我一個人，我在這裡——甚至不是抽象的地方，不是地球上或宇宙中的這裡，而是眞眞正正的這裡，全身赤裸站在這個男人面前。我將一手塞進腿間，說：你又大又粗的老二讓我慾火焚身。

清晨五點，我坐著公車滑過夜色。公車只不過是形式——其實我是在飛，飛在半空中，而且我比大多數的人都要高，我有九呎或十二呎高，而且我會飛，我會躍過汽車，我會極貪婪的、極溫柔的、極羞澀、極霸道的說「老二」，我會飛。而且我的口袋裡有三百二十五塊。一腳跨進浴缸裡一腳在外，等候她回來，並不只是唯一能阻止時間的辦法，也是一種帶她回來的儀式。在她回來以前，我會一直當葛雯。

我買了件萊姆綠長睡衣，一個人造陽具、我拿來給自己開了苞，還到一家叫愛朗的店買了頂栗色短假髮。我痛恨自己的工作，我喜歡的是我做得來。我曾相信人有一個珍貴的內在自我，但現在我不信了。我以前覺得自己很脆弱，但我不是了。就像是突然間成了運動健將。我不喜歡橄欖球，可是能進入職業聯盟卻也讓人嘖嘖稱奇。我會說冗長曖昧的故事，繞著我自己幽濕的私處打轉，我張開身體的每一部分。我跟客人說很想念他們，而這些客人很快就變成了常客，接著常客又變成了跟蹤狂。我學會了待在店裡，等到公車來的那一剎那再衝出去，甩開那些埋伏在停車場的人，一邊揮手一邊大喊。禮拜四再見囉！

而我好想好想她。

某天傍晚公車遲到了，一名顧客尾隨我到馬路邊，跟我一起在站牌下等，我不理他，然後他開始吐口水。起初他吐在路面上，後來大致上是朝空吐口水。我感覺到細細的水珠吹到我臉上，我緊抿著嘴唇，向後退。他也是，向後退，而且繼續對空亂吐口水。他的騷擾對我而言完全沒有道理，所以我茫然不知所措，我辨不出這是恐嚇或是傻氣，而就是這種感覺讓我決定躲進店裡。我先走幾步，隨後拔腳就跑，用力攢上門。可是錄影帶店不算是安全的避風港，我也不能在這裡躲一輩子。所以我要求艾倫出去看看那名顧客是否還在外面。他還在。難道艾倫不能叫他走開嗎？艾倫覺得不能，因為（一）他沒有犯法，（二）他是個好顧客。艾倫認為我應該打電話給朋友，或是叫計程車來載我。

我一直在等這一刻，而我也訝於它來得何其自然。我常常想像毒死自己或是被車撞死。官方的人，警察或是護士，會問我是否要通知某人，我會喘息著說出她的名字。她在貝瑞曼木材店工作，我會這麼說。這次的情況並不悲慘，但是卻事關安全，更重要的是，我不是出於自願打電話給她的。我是奉命行事，幾乎是我的上司，艾倫，強制我去做的。

我立刻撥電話到貝瑞曼木材店，幾乎是心不在焉的，假想自己是那種詢問如何換掉鋸子刀片的人。可是電話一開始響，我的感官就膨脹了，篩掉了所有的雜念，只留下鈴聲和我自己的心跳聲。

貝瑞曼木材行。

我要找小琶．格林利？

請稍待。

請稍待。不過是稍待了兩個月，稍待了一生。請稍待。

喂？

是我。

喔，嗨。

這樣不行，就這麼喔嗨一句。我不能是那種只等到這麼一句回應的人。我拉直假髮，對著空氣微笑，就像是客人解開腰帶時那樣，而且我也讓眼睛含笑，彷彿一切都是黃金年代再現。我從頭再來一次。

嘿，我遇上了一點麻煩，不知道妳能不能幫我一個忙？

嗄？什麼忙？

我在偷窺先生這裡工作，有一個鬼鬼祟祟的傢伙死賴在這兒不走。妳有沒有車？

她半晌不語。我幾乎能聽見偷窺先生這字眼在她的腦海中振動，浮現出一個眼睛有鐘那麼大的男人。她這輩子都在竭力避開偷窺先生，而此時此刻我卻在這裡，跟他歡淫遊樂。我不是讓她噁心又覺得蠢，就是別的什麼。教她吃驚的什麼。我屏住了呼吸。

她說她應該能借到一輛廂型車，我能不能等二十分鐘，她得下班才能過來？我說應該可以唄。

我們在廂型車裡並沒有交談，我也沒看她，但是我感覺到她注視我許多次，表情迷惑。我通常下了班都會換衣服，拿掉假髮，但是今晚沒有，而且我這一著棋是下對了。我望著窗外，尋找著其他愛上司機的乘客，但我們都很善於作假，我們假裝無聊，假裝爲交通順暢而默禱。她從前的家映入眼簾，但她卻忽然左轉，問我是否想看看她現在的住處。

妳是說凱蒂的房子？

不是，我跟她吹了。我現在住在一個同事家的地下室裡。

是喔。

地下室是那種所謂「未完工」的地方。地面不是混凝土，木板東一塊西一塊，孤島似的東西撐起了一張床以及幾個牛奶板條箱。她揮舞著手電筒，說，一個月只要七十五塊。

眞的。

對，整個房間喔！超過一千五百平方呎。我愛怎麼改裝就怎麼改裝。

她帶我走在椽木間，一面描述她的計畫。樓上有沖水馬桶，我幾乎能看見她的同事走在我們頭頂上。他停下來，一張沙發吱嘎響，電視聲音傳來。是新聞。她把手電筒套入一個懸在空中的繩圈裡，一束微光照著她的枕頭。我在床上躺下，打個呵欠。她瞪著我全身看。

妳想要的話可以留下來，我是說如果妳很累的話。

我可能會打個盹。

我得要打掃。

妳掃妳的，我小睡一下。

我聽著她打掃。她越掃越近，繞著床墊掃。後來她放下了掃帚，爬上床。我們躺在一塊，文風不動，過了好長一段時間。最後，樓上那人咳嗽，這一咳引發了一波動能。小琶調整了肩膀的位置，她的T恤最外緣摩擦著我的手臂；我兩腿交叉，很粗心的把腳踝擺在她小腿上。又五秒鐘過去，就像是低音鼓的沉重節奏，我們三個誰也沒動。接著他在沙發上動了動，我們立刻轉向彼此，四唇相貼，四手迫切地交握，握得很疼。一開始的粗暴似乎是必須的，爲的是要表達憤怒，一步不讓。可是一旦我們的肉搏戰持續到夜晚，又關掉了手電筒，她的動作就放溫柔了，出乎我的意料之外。

原來不做我自己就是這麼一回事。小琶就是這樣一個人。因爲，別搞錯了，我始終戴著假髮。我相信是假髮讓這件事發生的，我也認爲我是對的。是假髮，還有我並沒哭，即使我想哭得要命，即使我巴不得告訴她我過得有多悲慘，巴不得擠扁她要她承諾絕不再離開我。我要她來求我辭掉工作，然後我才要辭掉工作。

可是她沒有求我，而且事實上，偷窺先生是必要的。每一晚她都會開著貝瑞曼木材行的廂型車來接我，帶我到地下室，跟我做愛。而每天早晨我會回家，摘掉假髮。我搔著汗濕的頭皮，讓我的頭呼吸個兩小時，再搭公車去上班。我就這樣過了美麗的八天。到了第九天，小琶建議我們在我上班之前出去吃早餐。

我很想去，可是我得回家準備。

妳這樣就很美了。

可是我得洗頭。

我摸摸假髮，哈哈笑，但是她卻沒笑。

眞的，眞的很美。

我們的視線交會，兩人間竄過一股不友善的感覺。當然這是頂假髮——我知道她也明白這點——可是她突然決定要逼我攤牌。我想像我們是在決鬥，高擎著精美的鈍頭劍。

好唄，吃早餐就吃早餐唄。

吃完之後我可以送妳到偷窺先生那兒。

好，謝謝。

人人都知道要是你拿家用油漆塗抹一個人，他不會死，只要不塗他的腳板。要殺死一個人也不過就差這麼一小塊地方。我戴著假髮差不多有三十個小時了，在我脫衣服、扭腰擺臀、呻吟嚶嚀時，我開始覺得熱，熱得過分。到了中午，汗水不斷從我臉頰流下，但是客人仍不停的來，那天可眞是大撈一票。我離開時，艾倫甚至還拍了拍我的背，說，幹得好，大姐。小琶在廂型車裡等我，但是走過停車場這段路卻顯得漫長奇怪。我覺得我認出了一個客人蹲在他的汽車旁，結果是我認錯了，那只是一個普通男人俯身看著籠子裡的東西。他喃喃自語，對了，我們要帶你回家了。

小琶直接把我帶上床，甚至還向樓上同事借了溫度計。但她並沒有建議我把假髮摘掉，而發燒中的我明瞭了這是什麼意思。我看見她拿著手槍立在空地上，而我連看都不用看就知道我的手上空無一物。可是我可以贏，我可以假裝我手上也握了槍。要是我說砰，讓她朝我開槍，我就會贏。要是我這麼死了，以葛雯的身分而死，另外的我還會繼續活著嗎？另外的我又是什麼？我懷著這個疑問睡著了，整個晚上都像在坑道裡挖掘，撕扯著糾結的髮絲，終於扯掉了假髮。早晨我沒把假髮戴上，小琶也沒問我覺得怎麼樣；她看得出我好了。她沒提議要載我去上班，我們兩人都知道她也不會去接我下班。

我坐在綠色塑膠椅上，頭頂是螢光燈。這天過得像老牛拖車。好似全天下的男人都太忙，沒空手淫。我想像他們在外頭做些道德的事，打擊犯罪，教導孩子如何側翻。現在是我八小時的值班最後一個小時，連一個客人也沒有。幾乎要稱得上是詭異了。我看著時鐘和門，開始拿這兩樣東西打賭。要是再十五分鐘還沒有客人進來，我就要大喊艾倫的名字。十五分鐘過去了。

艾倫！

幹嘛。

沒事。

再二十分鐘就下班了。要是十二分鐘內還是沒有人進來，我就要大喊「我」，也就是老娘，本小姐。七分鐘後，門上的鈴鐺響了，一個男人進來。他買了一捲錄影帶就走了。

我！

幹嘛？

沒事。

最後的八分鐘了。要是沒有客人進來，我就會喊「不幹了」。也就是夠了，免談了，我要回家了。我瞪著門。每呼吸一口，每一分鐘過去，門都像是要打開來。一、二、三、四、五、六、七、八。

I
Kiss a
Door

吻著一扇門

——他看起來像一扇門——他嘗起來像一扇門
——當我吻著他的時候
——就像是吻著一扇門

我現在終於懂了，事情其實非常明顯，而忽然間我所有的回憶裡都有線索。我記得一件美麗的藍色羊毛外套，上面有扁扁的銀色釦子。這外套像隻手緊抓著她每一吋身體曲線，彼此簡直是天作之合。

「妳這件外套在哪買的？」

「我爸買給我的。」

「是喔！好棒喔。」

「今天早上才送來的。」

「你爸挑的嗎？他怎麼會挑這麼棒的東西？」

「我也不知道。」

伊蓮娜人長得超漂亮，在最好的樂團裡當主唱，還有一個會在精品店裡幫女兒訂做超讚外套、尺寸絲毫不差的老爸。看起來人生真不公平。我爸就從來沒送過我任何東西，只會偶爾打電話來問我能不能給他件差事做做。

「我只是個女服務生。」

「那比女服務生再次一等的工作呢？」

「你是說雜工？」

「對對對，就是那個。」

「我們店裡沒有雜工，桌子都是我自己在清。」

「可以發包給我啊，這樣妳省很多時間。」

「我跟你說我沒錢給你。」

「我跟妳要錢了嗎？我要的是工作！」

「總之我現在沒辦法給你錢……」

「我不要錢！我要的是一條有意義的人生道路！」

「我得掛電話了。」

「那五十塊就好。轉帳手續費我來付。」

伊蓮娜的樂團叫做「害羞豹」。「害羞豹」在學校表演時，伊蓮娜的爸爸也來了，我終於有機會見到他。他帥得不可思議，也跋扈得不可思議。只要有他在場，伊蓮娜整個人就消音了似的，老實說，這樣的她顯得沒那麼有趣，也因此當她走上舞台時，她略帶生嫩的台風就顯得有點兒不知天高地厚，感覺好像是：她居然認爲這世界會有人想聽她唱歌?!她開口唱著：

——他看起來像一扇門

——他嚐起來像一扇門

——當我吻著他的時候

——就像是吻著一扇門

那天晚上，她招牌的單音、出了名的青澀風格全都不值一提，她一點也不酷，變成班上那個被逼著上台朗誦的彆扭女孩。我到後台看她，站在她父親身邊，恍惚懷疑他的手臂正緊貼著我的手臂。沒錯，我在跟他調情，不只當下，而是整個晚上。他跟我講了一句話，我到現在都還每天對自己重複一遍，他說：「男人碰到比他們高的女人，就會慾火焚身。」不過現在我有更深刻的心得，所以我要幫這句話下個註腳：「上了天堂再說」。「等到上了天堂、所有死掉的小狗都復活的時候，男人碰到比他們高的女人，就會慾火焚身。」當晚，伊蓮娜跟她爸開車送我回家，我又嫉妒又困惑，好像他在我們兩個之間選了她。不過當時這份感覺只是隱隱約約，我的心理分析向來是事後諸葛。

等到新樂團「雷電之心」成軍，我就不再是伊蓮娜的朋友了。倒不是那個晚上的緣故，而是我跟馬歇上了床。「馬歇又不是她的男朋友。」我一邊這樣想，一邊吻著他牛仔褲的褲襠。不過我心知肚明，她一向認爲「害羞豹」裡另外兩個男生都是她的人。馬歇的老二很長，弧度下彎，所以我可以把他的老二從兩腿之間拉出來、躺在他背上跟他幹。聽起來不可能，不過這是眞的，如果我畫張圖你就懂了。

「你以前這樣做過嗎？」我問他。

「沒有。」

「騙人！」

「眞的沒有，我根本沒想過這個可能。」

「所以我教了你一點東西嘛！以後你可以常常這樣做了。」

「這個嘛，我覺得應該女方比較喜歡吧。」

「眞的嗎？老天，眞抱歉，你要停下來嗎？」

「嗯，妳要從我身上下來嗎？」

「應該可以。」

「好，沒關係，妳慢慢來。」

「呃，其實我下不來了。我們換個方向試試看。」

後來也是馬歇跟我談起伊蓮娜的事。那時我有一年多沒見他，我認識了吉姆，而當時肚子裡好像已經懷了女兒艾波。我們站在大賣場中間的走道上，馬歇將一切和盤托出。

「她跟父母住一起喔？為何？」

「不是父母。」他說，「只有她爸，她父母離婚了。」

「但爲什麼呢？她還好嗎？」

「嗯，自從搬回去跟她爸住之後，顯然不太好。」

「她病了嗎？」

「沒有。妳見過她爸嗎？」

「有，有一次她在學校禮堂表演的時候。」

「所以你知道他的嘛。」

「知道他什麼？」

「知道他有多愛她。」

「啥？」

「老天，妳不知道嗎？」

「啥？」

「那時他爲了跟伊蓮娜在一起，跟她媽離婚啊，所以她高中時代都住在藍匹特（Lampeter）老家。」

「才不是這樣呢！」

「就是這樣。她唸高中的時候，他們的同居生活就像情侶一樣。」

「我不相信，不，她怎麼會沒告訴我。」

「抱歉。」

「爲什麼她沒跟我說？」

「抱歉。」

「我的老天，她現在還跟他住一起嗎？那種『住一起』？」

「我不知道，很久沒人有她的消息了。」

「但有可能是這樣對吧？」

「嗯，有可能。」

我抽出架上「雷電之心」的唱片，它就像把利劍，或一只榔頭。「雷電之心」證明了伊蓮娜內心的自我，完完全全的自我，她用獨一無二的嗓音唱著，一種「我說這唱法夠好就是夠好！」的嗓音。「雷電之心」維持了兩年，也是她生命中唯一獨立生活、遠離她父親的時光。就我所知，這些事她只告訴過馬歇跟沙爾兩個人。她像是就爲了出這麼一張唱片而從地獄上到人間，然後又回去了。但我有什麼資格說呢？或許那並不是地獄。馬歇說，她跟她爸還在一起，她們住在米福哈芬（Milford Haven）。有次馬歇在卡地夫（Cardiff）表演，她來了，他問她還唱不唱歌？她笑了，然後說：

「『還』唱？你眞是太看得起我了。」

The
Boy from
Lam Kien

錢蘭的男孩

他用奇怪的眼神打量我，久久不放，我的心像湯匙一樣彎折起來。如果自己能有一層床，像艘自己的船，誰會想要跟我睡在同張床上呢？

走二十七步，然後停下來。錢蘭美容沙龍就在一叢杜松灌木旁邊，我的面前。我家大門則在背後。我沒有廣場恐懼症，也不怕離開家裡，眞正的恐懼在二十七步之外，一叢杜松灌木旁邊。我研究過了，我決定它根本不是眞的灌木，然後又推翻這個理論。我已經盡了全力，就算得永遠站在這裡，我還是無法轉身回家。當我吃起灌木上所結的其實不能吃的莓果時，錢蘭的門打開了，一個小男孩走出來，大概是錢蘭的兒子錢比利，不過，「錢蘭」搞不好根本不是個名字，只是某個語言裡「美容沙龍」或「專業美甲」的意思。小錢男孩站在門邊，我站在第二十七步上，他看起來像在等我往前進，我們都在等，但顯然不會發生，他大喊：

「我有一隻狗喔！」

我點點頭。「牠叫什麼名字？」

一瞬間男孩看來有點憂傷，於是我知道了，他根本沒有狗。但被選爲那個相信他有一隻狗的人，我感到很光榮，我完全適合這個角色，他選得好。他大喊出聲：「保羅！」我盡忠職守地想像起來：保羅跟這個男孩一起奔跑著，牠愛這男孩，而男孩餵養牠。

「你養狗嗎？」保羅的主人一邊問道，一邊走向我，站在一個可能會被車撞的位置。

「別站在馬路中間。」

於是他走過來，立在我面前，不做任何批判。

「你有寵物嗎？」

「沒有。」

「連隻貓都沒有？」

「沒有。」

「爲什麼不養？」

「我常常旅行，不確定自己能好好照顧牠。」

「你可以養很小很小、比較不會餓的寵物啊！」

我很清楚「比較不會餓」是怎麼一回事，我有過太多經驗，不想再要那些不堪一擊的東西，牠們很小，有水跟暖氣就能活，沒有排泄物，死掉的時候用遺忘就能埋葬。如果我要在家裡添上新東西，它必須又大又餓，但我不能這麼做。我也沒跟男孩這麼說，因爲我只是他的「信狗人」。

「你有什麼建議嗎？」

「蝌蚪。」

「蝌蚪會長成青蛙啊，我不能養隻青蛙在屋裡跳來跳去。」

「牠那麼小，不會跳來跳去啦，不過你需要一個水族缸。」

「但牠會變成青蛙啊。」

「牠不會，牠會變成魚。」

「哪一種？」

「米諾魚。」

算了。在我心裡，小男孩跟他的狗兒玩耍的那塊地方，現在多出一個裝著一隻小蝌蚪的水族箱，小蝌蚪什麼都不想吃，來回游來游去，永遠準備著挺身一跳，準備著讓空氣拂過牠的背部，準備著迎接巨大而神妙的變化。牠永遠在游動，保羅永遠不會死，而我跟小男孩站在一起，兩人漸漸改變：小男孩百無聊賴地長大了，這是成長的一種形式，而我愈來愈沮喪，是我自己不好。那是個天氣和煦美麗的日子，有人自願與我談話，但我能夠預見結果。男孩衣服上的卡通人物都一個個走開，不願靠近我；而當它們後退的時候，男孩向前走來，站在我面前，戳戳我的手臂：「我可以看看你的房間嗎？」

我鬆了一口氣，這樣戳我是好的，有時你要給予某人什麼東西的時候，難免得先傷害對方，我完全了解。這樣我就有趕緊回家的藉口了，眞好。當門在我倆背後關上時，我有想到法律的事，關於帶不認識不知名的孩子回家看房間的法律，但我知道他想像中的狗叫什麼名字，我覺得完全可以忽略自己其實知道他沒有狗的事實，並且毫不遲疑地說出「保羅」這個名字。所以當法官告訴我男孩根本沒養狗時，我會表現得大吃一驚、非常失望，甚至情感受傷的樣子，我會哭一下子，說不定這男孩會因爲對我說謊而被關進牢裡，我看著他漂亮的網球鞋，知道他沒問題的，而我剛好相反，我穿運動服飾總是不像樣，更別提牢獄生活會要我的命。

他在我的客廳晃來晃去，東摸摸西摸摸，碰觸那些曾經對我非常重要，但現在顯得不值一哂的東西。他的指印印在我蒐藏的許多抽象畫作上面，他拿兩隻手指從地板上拈起一本書，這書的副標題是「保持愛意、親密感以及一份承諾的關係」，我最近開始慢慢讀著這本書，剛剛讀完「保持」兩字，接下來該讀的是「愛意」，我有點擔心到了「承諾的關係」時，我就會把「保持」給忘了，更別提其他的字眼了。他就這樣拈著這本書，走到廚房，小心翼翼把它放在廚房的角落裡。我說：「謝謝。」他點了點頭。

「你家有起司焗茄子嗎？」

我說沒有。我們進到臥室，他坐在雙人床上，踢掉腳上的鞋，雙手雙腿大大攤開躺平，形狀像一顆星。我把梳妝台上的梳子拉直，並且很快地悄悄將髮雕丟進抽屜，我不想讓他發現我是個用髮雕的人，因爲我不是，眞的不是，是朋友忘記在我這兒的。我有個朋友，她把髮雕帶來，然後忘了帶走，這不是很好嗎？如果他問起我要就這樣說，如果他打開抽屜的話。

「你應該弄張雙層床，這樣空間就會大一點。」他說。一邊做出被床跟牆中間的空間吸進去的模樣。

「我要大一點的空間做什麼呢？」

他現在站在床跟牆中間，呈現幾乎不可能的姿勢，腳下則是我從沒想過要打掃的角落。

「你不想要雙層床嗎？」

「嗯，我覺得不需要。」

「這樣你就可以留朋友過夜啊。」

「這張床這麼大，他們可以跟我一起睡。」

他用奇怪的眼神打量我，久久不放，我的心像湯匙一樣彎折起來。如果自己能有一層床，像艘自己的船，誰會想要跟我睡在同張床上呢？我問他知不知道梅林百貨有沒有賣雙層床？他說有，不過應該先打個電話去問問。當我跟梅林百貨通電話時，他打開梳妝台的抽屜，我馬上滿臉通紅，他拿出髮雕，擠了一大堆在手心，很快地把滿頭閃亮黑髮往後抹直，攬鏡自照，他看起來像站在逆風裡，那模樣眞妙，我們相視而笑。

梅林百貨說一張雙層床只要四百九十九美元，男孩說這價錢很合理，若是他有一百萬，他願意付一百萬買一張雙層床。

我們走向前門，因爲他說他得走了，口氣非常抱歉，彷彿沒有他我就活不下去似的。我說這樣也好，我還有很多工作得做。說到「很多工作」的時候，我把兩隻手張開，他盯著我雙掌之間的空間，問我會不會彈手風琴？我可以感覺到雙手之間那部手風琴，如果我答「會」的話，他一定非常驚喜。我說我不會。這時沙發上有個抱枕滑到地上，它偶爾會這樣，我試著不當一回事，男孩微微挑起眉毛。我得救了。我不會彈手風琴，也沒有雙層床，但我有這些抱枕，會自己動的抱枕。我把門打開，他沒說再見就走了，我看著他穿過馬路，向錢蘭美容院走去，關上門，我也關上我的門，傾聽那些嘁嘁促促的聲音，那是地球以快到無法想像的速度飛離這棟公寓的聲音，而所有的生物都被捲進一個像颶風般的氣旋裡，這個氣旋發出諷刺的笑聲，輕鬆愜意、易如反掌的笑聲。我透過窗戶往外偷看，在杜松樹叢上方，只見滿天旋轉的茫茫灰煙，於是我把窗簾拉上互相重疊，在屋子裡繞著圈，望著廚房角落的那本書，把髮膠的蓋子蓋好，床上亂糟糟的，我的手拂過床單上起伏的地形，有河谷，有山群，有柔滑荒涼的凍原，也有一個城市，在那個城市裡，有間美容沙龍。我脫下鞋，鑽進被子裡悄聲說：「閉上眼睛。」於是我閉上眼，假裝夜已降臨，整個世界在沉睡中包裹著我。我告訴自己，我的呼吸聲就是全世界動物的呼吸聲，包括人類，包括那個男孩，包括他的狗，全部，全部的呼吸，在地球上，在夜裡。

Making Love in 2003

二〇〇三做愛

他遲到了，而這就是一種跟她做愛的方式，而她想要寫作，卻必須招待我，這也是她跟他做愛的方式。

她有個針繡花邊枕頭，繡著：二〇〇二做愛。而沙發的另一頭則有一九九七做愛，藍色的，邊緣有皺褶。我猜還有更多，但我沒去找。我不想看見上頭有今年的枕頭。萬一沒有，我也不想知道原因。她問我禮貌的問題，我們等待著她的先生。

他說妳很有才華，是自學而來的嗎？

對，不過我其實才剛入門。我還有很多要學。

妳已經有好的開始了。

謝謝。

過了一會兒，她似乎有點生氣，氣他，因爲他不在，也氣我，因爲我在。我突然想到要是他再不趕緊出現，我就得告辭了。我的一顆心不禁往下沉，因爲除了這次的會面之外，我的未來還沒有別的盤算。我每天都寫，寫了一年，電腦上貼著他的名片，此刻我完成了，而他也說過要我一完成就跟他聯絡，我也照辦了，我撥電話給他，現在換他這邊發球了。他的工作就是打發像我這樣的人。他會怎麼做呢？那些男人都是怎麼打發那些完成了一部書的非常有才氣的年輕女子？他會吻我嗎？會邀請我當他女兒、妻子、保母嗎？會把我和我的書送到下一步會發生的地方嗎？他會揉搓我的腿，讓我哭喊出來嗎？他的太太和我等著找出結果。她比我還沒有耐性。我願意一輩子等下去，而她卻只給他再五分鐘。我們默默的等了五分鐘，接著她站起來，說，咳。我抬頭看她，面帶微笑，假裝是外人，不懂她的肢體語言。她緊抿著唇，低頭看手。

他大概已經打電話到府上去更改時間了。

我點頭，但我知道他沒有，因爲我把屋裡的東西全都搬了出來，放在車上，而我的車正停在他家門前。我準備好要走了。更改時間毫無道理。我可以在車上等，也可以在屋裡等，反正我也沒有別的事好做，不過我寧願在屋子裡等。

有事情妳就去忙好了，不用陪我，我說。

她看著我，心頭納悶是否見過比我還要駑鈍的人，我不在意。現在擺在我汽車後座的電腦上貼的又不是她的名片。

通常我這時是在寫作，她說。我很懷疑，可是也說不定是眞話。說不定她是寫信給姊妹，或是在一大箱毛衣箱子上寫「毛衣」兩個字，再收進閣樓，靜候來年冬天再開啓。

妳都寫什麼？

是我幾年前寫的一本書的續集。

喔。第一本書叫什麼名字？

《急速傾側的行星》。

她輕聲說，口氣禮貌，知道我必然聽過。我站著，感覺雙腿疼痛。我並沒有計畫在他返家之前再站起來，但是此時我卻站立著，身旁是梅德琳．藍格勒，知名的作家。我環顧客廳。這裡是梅德琳．藍格勒的客廳。二〇〇二做愛。一九九七做愛。說不定這棟屋子裡的每個房間都有一堆類似的枕頭，可以回溯到六〇年代。我定睛細看她的手工褐色長褲，恍然領悟說不定這一秒鐘他就在跟她做愛。一旦達到了飽和點，做愛就會變成一種漫無止盡的振動。他遲到了，而這就是一種跟她做愛的方式，而她想要寫作，卻必須招待我，這也是她跟他做愛的方式。我只是梅德琳．藍格勒和她先生這種做愛模式中的一部分。二〇〇三做愛中的一根小螺絲釘。我的計畫並未經妥善的籌劃，這一點突然變得異常清晰。我跟她說我極喜歡《急速傾側的行星》，也引領期盼續集問世。她向我道謝，說如果他沒有打電話去更改時間，他一定會打電話回來。她送我到門廊上，我的車就停在外面。我們看著我的汽車。車裡有許多東西，有些還從後車廂伸出來。她跟我握手，我走向汽車，一心希望這段路不會有盡頭，對於何去何從有絕對的自信。我朝汽車走。

不知道該往哪裡去，感覺起來就不眞的像在開車。汽車應該有項裝置，可以讓人行駛在正確的地方，比方說是涉水。要不煞車燈之間至少也該有盞燈，讓你可以打開來表示你沒有目的地。我覺得自己像是在愚弄其他的駕駛，而我只想要招認罪狀。可是開得越遠，我就越覺得有地方可去。我在做麻煩的左轉，別人是非到萬不得已不會做的。有時我在一個街區會一路左轉，等我回到了原來的十字路口，發現所有的駕駛跟剛才都不一樣，我會失望。這不像方塊舞，可以奇蹟似的在一曲終了時又和原先的舞伴會合，開懷而笑，有點頭暈眼花，在和世界上所有人都跳過舞之後終於又找到了他，因而感覺鬆了口氣。但是駕駛繞過去，向前進，有些人已經在上班，或是到機場的半途中。說到底，駕車或許是和跳舞最極端不同的活動。我不曉得我的餘生是否都會製造些複雜的路途來洩自己的氣，因爲我已經寫完了書，去見了那個一年前說我前途無量，可是今天不在家的人。

換作是大多數的人，遇上我的狀況，她們可能會去男朋友家。她們會去那兒，哭訴委屈，接下男友遞過來的面紙，再多流幾滴眼淚，絕不會停下來想想其實她們是應該大笑或是開心微笑的，因爲她們的男友是貨眞價實的人，跟她們同在一個現實面。我知道我在說什麼，我以這個主題寫了一本書，梅德琳．藍格勒的先生曾誇過這種主題有前景。現在卻是我最不想寫的東西，所以我會在此概略敘述一下。

我十五歲那年，晚上房間裡飄來了一道漆黑的形體。黑不溜丢的，卻會發光，這是第一個你必須與想像力纏鬥的眞相。這道形體不像人，但我立刻就看出除了外形之外，這個形體的的確確是個人。事實證明，人之所以爲人並不完全因爲我們的外貌。

我立刻就知道那是個性掠奪者，因爲它弄得我全身不停震蕩。我穿著睡衣，覺得緊張不安，因爲我的睡衣其實只是件T恤。所以說上床睡覺應該要穿內衣。我嚇壞了，可是還不到寧可死也不敢動或不敢呼吸的地步。我兩眼盯著那道形體，計畫要跳下床，抓起地板上的牛仔褲。這是在我自以爲什麼都懂其實根本不懂之前。比方說我以爲人類的動作很快，但是跟一個會發光的黑暗體一比，你無論移動的有多快速，都像是慢動作。我才剛微微舉起一隻手，闇影就撲向了我。這部分我寫了整整一章，因爲我知道梅德琳．藍格勒的先生看了會飄飄然。基本上，事情的經過就是它侖了我。它是整個進入了我的身體。所有的黑暗體都在我體內，而我能感覺到它在發光，像是音樂的音量指示你該如何移動。就在那個週末前，我第一次跳舞跳得很性感；我的臀部和節奏合而爲一，這也成了將來的惡兆。但我沒想到會發生得這麼快，會像這樣。後來，我才明白我的舞蹈動作可能是太有力了，所以把這道闇影從宇宙的角落召喚了出來。我並不是說這是我自找的，而是說有時候我們並不僅是對室內的男孩子送出訊號，而是對所有的生物送出訊號。

有人說我捏造了闇影的故事，爲的是要掩飾實際上遭受強暴的痛苦。要是你對這種說法有興趣，我可以推薦你去看一些眞實的案例，也就是那些說謊的女孩。第一次我簡直嚇壞了，那是因爲我不知道我能在如此強烈的歡愉中存活過來。我以爲也許我是拿命來交換的。感覺我青少年的慾望提升到了非人的比例，俯瞰我自己的身體並且知道墜落就意味著死亡，而且還不是一次的死亡，是許許多多次。墜落個一百萬年，像是長笛墜落，空氣吹過，奏出樂章。而且落地沒有心智，唯有一顆破碎的心。事後我們緊緊相擁，我羞澀害臊。一手撫過它的濃密，問它是否會痛，卻知道無論我做什麼都傷不了它，充其量只能將它逼瘋。偶爾，它會滲入我體內，然後我就會小睡片刻，醒來害怕它走了。可是它仍在，像斗篷般包圍著我，療癒我切除闌尾的疤痕，醫術之高明遠超過我自己的能力。

你還會什麼？

愛妳。

可是你會變更多把戲嗎？

不會。

我是唯一的吧？

妳是宇宙中最甜美的東西。

我是嗎？

對，誰也比不上。

我的個性跟所有和其他高中男生約會的女生一樣。我們並不算在那兒，我們的感情不會受傷，因爲他們是在別的地方，不在校園內，是北極光。我在活頁紙上畫它，是一團心形的污漬。一團污漬跟我心心相印。我跟這團污漬跟一個半人/半污漬的嬰兒。在上床之前，我還化了妝，而在早先幾年，我穿上俏皮的睡衣，但到了高中最後一年，我就只是躺在床上，全身赤裸，等待著。我們的交談發生在我的血液裡，要是我想聽它的聲音，我會一直按著塑膠卡西歐琴上的升F和中央C，而這幾個音符下傳來遙遠的沙沙聲，恍如使用短距無線電的卡車司機，剛駛出了收訊範圍。這份愛之中隱含著可驚可怖的渴望。它會吸吮我的乳頭，我的口腔會因焦渴而腫脹，我也想要吸吮。我逐漸深信如今我獲得的東西勝過了所得到過的任何東西。現在我知道不是真的，可是你別忘了基本上我仍是處女，甚至沒有親吻經驗。

這個故事在大學時結束，那時我很憤怒、目空一切、想要真正的男友。闇影哭得天愁地慘，而我也深有同感，但只針對我個人。我很肯定這段關係對我嶄新的女性自覺是一種犯罪，另外不好出口的原因是，我對這個叫做老二的東西好奇得不得了。闇影做了它唯一知道的事：答應會以人形來見我。它會化成一個叫史帝芬的男人。

我約妳出去的話，妳會答應嗎？

會。

就算我很醜，而妳也不喜歡我的個性？

對。

不，妳不會。

我會！

妳只是隨便說說，好打發我。

要是我誤了公車，可不是我的錯。

再見了，親親。

拜！我的背包呢？

在流理台上。

喔。拜！

大約一年後，我眞的遇見了一個史帝芬。他是我朋友的爸爸，而且得了癌症，不久於世了。有兩個月的時間我幫忙她伺候他。有時，她不在房裡，我會倚著他的床鋪，低聲說嗨，而他也會低聲說嗨，我會握著他的手，就這樣子坐上一會兒。他不是我的闇影。可是我幫他按摩有氣無力的手臂，我能感應到異常快速的東西，一種逐漸增強的速度。他有絕大的部分早已加快了，然而他仍得慢呑呑的、不莊嚴地死去，因爲人類就是這樣。在他垂危的那幾天，我跟朋友一起看護，我們兩人都十分絕望，放著我們認爲他會喜歡的唱片，可是誰知道是不是呢。爲了什麼摸得著的東西而放開了美妙的感受，眞是大錯特錯。史帝芬死後，我不再跟他女兒做朋友，搬出了宿舍。後來我開始寫作，完全是出於恐懼。我覺得我可能會遺忘，或是假裝遺忘，或是裝做在假裝，或是裝做在長大。我的大學導師梅德琳．藍格勒的先生終於稱讚我的一篇小說顯露出成爲作家的鋒芒了。有一天，我會交上這分手稿，而史帝芬會點頭說對，升F，對，中央C，對，妳終於找到我了，來，坐在我大腿上，親親。

我想著是不是該駛過梅德琳的家，看他的車子在不在。不是這樣就是得展開另一個非寫作的生涯。要是在抵達房子前我想到了另一種生涯，我就會掉頭，追尋那一個生涯。我把車開得很慢，讓人人都看得出車子在思索，在爲我思索未來的路。我從車窗望出去，盡力去猜想行人注視我的汽車，會覺得我是什麼人。他們思索著自己和自己的車；他們和自己的行色匆匆做愛。他們每邁一步都不像是最後一步，而且也眞的不是。他們不抬頭，不瞪著我的大燈，不低聲嘀咕：「特別助理」，因此，我繞過梅德琳屋子轉角，我仍在計畫要當作家。

他的汽車在那兒。可是停的位置過遠；停在他家那條街尾的一棟屋子前面。說不定別人都知道這是什麼意思。我的第一個想法是阿茲海默症，不禁擔心把自己和自己的事業交在這種連自己家在哪兒都不記得的人手裡是否明智。我畢業已經一年了，一年的時間顯然足以讓他的生活破碎。梅德琳必然是事事都得爲他打點。喔，梅德琳。而他正坐在汽車裡。我聽說過。罹患阿茲海默症的人心智會退化到點火引擎問世之前，無法記得如何開門。我朝他走去，能感覺到我的新事業確立了。我會是梅德琳・藍格勒先生的看護。有了我的協助，她就有足夠的時間寫續集。我會像是他們的乖女兒，只不過我是收費的。有人需要眞的很棒；我是被推著往汽車走的。

起初我以爲他膝上坐了一隻貓，後來才看出那是泰芮莎・洛迪斯基。我們同在大三那年修中國早期哲學經典這門課。她大學肄業，但現在我能看出她其實算是畢業了。泰芮莎・洛迪斯基非常非常漂亮，可是卻有個雙胞胎姊妹寶琳，竟然比她還要漂亮得多。要是把她倆的臉孔排列在一起，仔細找差異處，你會發現她們的五官一模一樣。可是大家都知道，唯一讓你盯著泰芮莎看的原因就是爲了知道她是不是寶琳。一旦發現她不是，你會移開視線；發現她是，你會盯得更久一些。而這一個絕對是泰芮莎；她已建立了自己的特色。

我在發現他並不是阿茲海默症患者的那一秒就應該離開的。可是我的胳臂卻竄上一陣輕顫。我是天使俯瞰滾滾紅塵，窺視塵世中的一輛汽車，看見了人類中的兩員，探入他們的靈魂，深入了靈魂後的地方：空洞。她抬頭看，我們的視線交會，她記起我是上中國早期哲學經典的同學。梅德琳・藍格勒的先生張口欲言。我看得出他正要使用五個什麼中的一個：什麼人、什麼事、什麼原因、什麼地方、什麼時間。

什麼事？

那個女人。

什麼女人？

現在走了。

她看見我們了嗎？

看見了。她以前修過中國早期哲學經典。

什麼？

我們一起上過課。

妳他媽在說笑嗎？妳認識她？

我看我還是走吧。

幹！幹到家了！她有沒有看到我？

沒有。我要走了。

她還在外頭嗎？

沒有，她走了。

到底要怎麼樣拿得起放得下？我的書是只長手套，緊揪住我愛過的闇影。手套內有一隻十分蒼白年輕的手，從未學過緊抓住皮膚，太稚嫩，所以好像還濕淋淋的。我墜入在街上經過的每個人眼底。食物似乎陌生得奇怪。兒童覺得我是小孩，想跟我玩，可是我既不能玩也不能工作，只能納悶為什麼。為什麼人要活著。我每週都把分類廣告欄讀了個遍。房地產，徵才，諮商，家庭服務，休閒，音樂家市場，交友聯誼，男男女女尋覓另一半，隨機會晤，汽車。我把範圍縮小到不是只看三人樂團徵求重搖滾第二吉他手，就是有證照社工安潔拉·密契爾，整合治療身心靈塵世。我最後鎖定了安潔拉·密契爾，因為三人樂團需要的是有現場經驗的樂手，我不太確定那是什麼意思。可是我坐著電梯前往安潔拉的辦公室途中，我卻喃喃念著「現場經驗樂手」，藉此鎮定下來。我希望安潔拉·密契爾的廣告確是字字屬實。我想像有對夫妻為我和闇影諮詢輔導。

可是我在她柔軟的大椅子上落座，瞪著一幅抽象畫，橙色圓圈圈住了橙色圓圈，我卻發現自己啞口無言。她終於問起我為什麼去，我說我一年多前跟男友分手，到現在還在後悔。她投給我無限同情的眼光，我立刻就哭了出來。有那麼一剎那我還猜想她會不會收養我，或是僱用我來當助手，或是成為我的女同志愛人。我擤鼻涕，而她問我是否看過歌舞片「南太平洋」。

我應該在電視上看過一次。

記不記得女人洗頭的那一幕？

不記得。

她們一邊唱小調，記不記得是哪首歌？

不記得。

〈我要把那個男的從髮上洗掉〉。

喔。

妳了解我的意思嗎？

大概吧。

還有沒有什麼事妳想談談的？

喔，我一直在考慮找份工作。妳覺得呢？

我舉雙手贊成。

特教助理的工作是協助有特殊需要的教師，這些教師教的是有特殊需要的學童。巴克曼在僱用我時，正處於過渡期。原本這間學校主要是教育有各種障礙的孩子，但現在是針對生理障礙的孩子，那種送到羅根教育中心的。羅根有特地爲坐輪椅的兒童打造的遊樂設施，還有「軟房」，讓這些孩子能夠離開輪椅，鼓勵他們自由伸展身體，也提醒他們並不只是從甲地到乙地才叫做動作，神韻和情緒也是，而他們就是發明新姿的人。每個月一次，會有一群來自微軟的研究員來探望他們。研究員會脫掉皮鞋，躺在地板上，任由四周的活動發展。顯然筆記型電腦的觸控盤就是這麼發明出來的。每週我們都會聽羅根的故事，讓我跟學生覺得我們好像並不在剃刀邊緣。我們是閱讀很慢的人，也有閱讀速度飛快卻完全看不懂的人，我們太緊張無法學習，太快樂也無法學習，太生氣也無法學習；學習似乎並不是重點。

年紀較大的學生獲准可以把橙色的利他能和Adderall（註7）瓶收在書桌抽屜裡，而且依照規定他們可以舉手要求請假，幾乎什麼理由都可以。利他能的副作用是頭痛、焦慮、睡眠障礙、易怒、沮喪、腸胃不適、心神不寧。我被派去指導那些閱讀上需要額外協助的人。我知道我的目標：到每一頁的最後一行和下一頁的最上面一行。我覺得我能一輩子做下去，因爲沒有什麼孰重孰輕。我耐著性子指導，耐著性子聽拼錯字，耐著性子慢慢念，一個字母一個字母念，把t發成了噓。

春天時一間名叫奧伯雷的特殊教育學校關閉了，因爲石綿的緣故；巴克曼不得不吸收奧伯雷的全體師生。我們有多出來的教室，因爲有學生轉到羅根去了，但情況仍像是一場噩夢。學生很輕鬆就適應了，但是教師卻跟姻親一樣個個都是滿腹牢騷。我們都確定自己的方式是正確的，員工廚房的寫字板上夾滿了數不清的請願，像是反對鐘響前就

註7：兩者都是治療過動兒的藥物。

排隊的動議，或是贊成書寫體的動議。我是贊成書寫體的，就在贊成的寫字板上簽了名。我離開廚房，回到教室。我把老師的桌子整理好，在黑板寫下了PUEBLO（註8）這個字。我在寫時屏住呼吸，畫得非常慢，慢得不得了。有人敲門。畫好了。我放下粉筆，走向門口。哎，怦然的心跳啊。哎，屏住的呼吸啊。哎，我怎可能料得到啊。我打開了門。他有沙色的頭髮，比我高。一張臉是動物的臉，一張又像貓又像長頸鹿的臉，儘管沒有言語，卻道盡了一切。他的衣服穿得很隨便，卻完美無缺，唯有一些區域鬆散地露出了他的裸體。他說他很抱歉遲到了，而我說那裡，你這不是來了嗎，我擁抱他，一瞬間他的漆黑在我四周膨脹，低聲說，哈囉，親親，鑽入了我的血液。他退開，這個青少年退了開去，可是他的眼睛仍跟手一樣沒有移開。他給了我一張紙條。

親愛的老師

請原諒史帝芬．柯羅斯缺席。上週在奧伯雷他患了支氣管炎，無法與其他同學一起在四月加入巴克曼。他現在已痊癒，樂意趕上所有落後的功課。謝謝。

瑪麗琳．柯羅斯上

他的腦筋並不快，可是他何必快。他是一團混沌啊。他是一名需要我的青少年，想當年我也是個需要他的青少年。所以我幫助了他。我坐在他桌邊，我們一起一段一段閱讀，費力地念出那些字，把一個個的字詞交織成一句很少有人說的句子。驀然間，語言似乎毫不重要。說你是我的闇影情人並不能澄清什麼。我已經試過，而且當然是立刻就試。我把我的書帶來，就是那本並沒有造就一名作家的書，緊張地坐在他旁邊，聽他念出整個序言，所有的承認撇清，給他，我的闇影的致謝辭。我絢麗的、妙齡的、輕微障礙的一生的愛人，未來的愛人。

我要問你一些問題，看你是不是懂了，好嗎？

好。

這本書是眞人眞事嗎？

是，不是，等等——不是！不是。

它是眞人眞事。

喔，我本來也以爲是這樣，可是後來我覺得這個問題是陷阱題。

不是，所有的問題都是眞的。

好唄。

所以作者說，「十五歲那年，一道闇影趁夜進了我房間，」她是在說誰？誰是闇影？

註8：意爲印第安村莊。

誰？

對。是她爸爸？還是你？是誰？

嗯……。我覺得目前還不能斷定。

你說的對，目前還不能斷定。

這也有點像陷阱題耶。

對不起。

所以分水嶺出現了。我認識他，而在內心深處他也認識我，而提醒他則是我的責任，既然我是特殊需求的助理。我認爲我多少是像安．蘇利文。會有一個突破點，就像安把水潑在海倫．凱勒的臉上，而海倫在安的手掌下比出了水這個手語，動作先是慢慢的，接著越來越快，又笑又哭。安．蘇利文寫下這一刻：刹那間，我隱隱約約意識到什麼遺忘的東西——一種想法又重現的刺激興奮感覺；而且語言的奧秘也多少爲我揭露了。不過我們需要揭露的不是語言的奧秘，而是奧秘的本身，遠在語言之前，仍覆蓋在迷霧中。我看見闇影在他體內盤旋。我看見下課時間他打籃球，一雙腳並未觸地。有時候，他在飛。不像鳥那麼飛，而是更微妙，像個人那樣。

當然，身爲特助，我能做的不多。能做的一件事就是祈禱。我凝視他的雙眼，祈禱著，而我的禱文是哈囉，哈囉，哈囉。有時我聽見我的闇影回答，而我必須要握拳緊壓住大腿才能強忍住不去觸摸這孩子的衝動。這孩子，本身就已經夠讓人神魂顛倒了。看他撥開汗濕額頭上的頭髮，身上散發的礦物氣息，一隻手握著鉛筆，握著鉛筆，握著鉛筆，他的手！我們的舊情一點也沒有困難，是每一對情人的夢想，把雙方完全吞噬。現在卻多出了這一個，這個男孩，這份感覺。想要脅他的感覺，像他在我十五歲時脅我一樣——像衝入了其他銀河系——我渴望得像是拿刀切割自己的五臟六腑。

我開始覺得我最多也只能這麼接近他，接近闇影了。所以過了一陣子，我並沒有很用心教他閱讀。我斷定要恢復我倆的關係，閱讀是錯誤的方向。又不是每個人都得要識字，抗拒語言的原因有些是很有道理的，其中之一就是愛。男孩的障礙就是闇影說我愛妳，我在這兒，它是我的方式。我盡量覺得滿足，而在此同時，男孩漸漸愛上了我。這實在是太太太太甜蜜了。我覺得我的高中生活就是缺少了這個。他會望著我，再移開視線，再回頭望我，再移開視線，折斷了鉛筆頭，罵聲幹，立刻臉紅，望著我的腿，又盯著地板。狠狠地盯著漆布地板，當然他什麼也不會看見，只除了他年輕老師的奶子和屁股以及他會做的舉動。喔，我幾曾珍愛過什麼事，比得上我珍愛地看著他低頭看自己的勃起是否穩當地隱藏在書桌下。是的。

這件事要有結果只能有一個法子。學生走路回家，而老師駕車經過，問他是否要搭便車。男孩看著老師。陽光射入他的眼眸，他瞇起眼睛，而時間停頓，唯有太陽的照射及男孩的眯眼是地球上僅存的兩個動作。就連飛鳥都靜止了。而老師暫時被眯眼和照耀的兩個動作痲痹了，但是這樣並不足以拯救這個孩子。她探身到乘客座，打開車門，而這個動作也終止了男孩的青澀，他變得老成。

我載你回家好嗎？

隨便。

你得在一定的時間內回家嗎？

不用。

你想去什麼地方嗎？

隨便晃晃。

前六個月我就像陷入驚歎的迷霧中。我看著別人成雙成對，不禁懷疑他們怎能如此的若無其事。他們手牽手，卻像是不知道牽著手。史帝芬跟我終於牽手時，我總忍不住低頭看，心裡無限的驚異。這是我的手，一直都是這隻手——可是，看吶！握住了誰？握住了史帝芬的手！誰是史帝芬？我三度空間的男朋友。每天我都揣想接下來會怎樣。心滿意足、不再需求後會怎樣。我會就這麼快快樂樂過下去。我知道我是不會因爲漸感無聊就興風作浪的。我之前就犯過一次這樣的錯了。

不過呢倒是有點問題。其實他並不知道我們之前約會過。但事實證明這一點也不重要。愛戀就在血液中奔流。他以「詭異」稱呼我倆的感覺，我無話可說。我親吻他的腿肚，而他的雙腿在歡唱。他向後伸手把我往下扯，貼著他的背。我躺在那兒，就如躺在溫暖的沙灘上。就像那樣。就是那樣。整件事重要的就在這裡。

我們的年紀差異也是個問題。一旦和年紀較小的人交往，你也會開始注意同樣情況的情侶。你會遇見別人跟老他十五、二十歲，或小他十五、二十歲的人約會，你會跟他們聊起來。

我覺得這樣反而刺激。

我也是。我絕不會跟和我同齡的人約會。至少要小個十歲才行。

史帝芬就比我小十歲。我覺得他很喜歡我比較大。

他當然喜歡。男人都對年紀大一點的女人有幻想。有媽媽的感覺。

是啊，不過謝天謝地，我比他媽年輕。

我正好相反。蓋伯的媽四十歲。

喔，那妳幾歲？

四十三。妳呢？

二十四。

我們學會了小心謹慎。現代人除了自己之外誰也不關心，這倒是幫了大忙。他們只會來查看你是否在殺害某人，某個他們認識的人，發覺沒有之後，就又回頭去講什麼他們覺得跟自己的關係有了大突破。人們總是在突破，就像門戶樂團的歌〈穿過去〉（Break on Through〔to the Other Side〕）說的一樣。但我是眞的突破了，我還突破了兩次，而我對宇宙的看法是：它是千瘡百孔的、激進極端的。你能夠啓動它，甚至可以跟它廝混。而這段期間我仍是特教助理，我教導孩子分清左右。我激發出他們的基本能量，引領他們進入，即使不是進入知書識字的境界，最起碼也是進入了永恆的喜悅之中。我要他們每一個將來都知道什麼是愛。我要女孩子挺起肩膀，無懼地走入黑暗。我要男孩子稍微收斂野性。教室後排有些男學生從來不專心，總在傳紙條，而且明目張膽，居然不把紙條摺成最不惹眼的小方塊。紙條在後排飛來飛去，像是白色大帆船，實在非常氣人，氣得我眞想狠狠羞辱他們一頓，讓他們這輩子再也不敢傳遞大張的紙條。不然歷史上第一個傳紙條的人幹嘛費那個精神把紙張摺小？我一個箭步衝到後排，看見了第一張帆就動手。它連對摺都沒有，紙上說：凱特琳給史帝芬．柯吹簫。

上頭不是我的名字，或許我該鬆了口氣，其實不然。我的呼吸全亂了套。我壓根兒沒料到這一刻。我的大腿分解了，一波波的痙攣，突然間明白了大家爲什麼喜歡槍枝，不是爲了射擊，天啊，絕對不是，我是愛好和平的人，大家只是喜歡擁有，知道槍枝就在那兒。要是當時我的抽屜有槍，我就會想到它，情緒就會平靜下來。我會深吸一口氣，斥責學生。可是就因爲沒有槍，所以我走向凱特琳的座位，凝視她的臉龐，要求她到走廊上。很難把空氣具體地形塑成這些聲響。她起身，領頭走過教室。我經過史帝芬面前，他低下頭，像個惹怒了老師的十五歲男生。凱特琳跟我站在走廊上，走廊上有蠟和放久了的香蕉的味道。

妳給史帝芬口交嗎？

哪一個史帝芬？

史帝芬．柯。

喔，我還以爲妳說的是另一個史帝芬呢。

史帝芬．崗薩里斯？

對。

不是。妳是他的女朋友嗎？

史帝芬．崗薩里斯？不是。

我說的是史帝芬．柯？

喔，對，我們在約會。

她梳了兩條法國辮，穿有「湯米女孩」字樣的運動衫。她甚至不怕我，問我的耳環哪裡買的。我說是阿姨送的聖誕節禮物，她說她屁個聖誕節禮物也沒收到。然後我們走回教室。我沒看史帝芬。我不知是他主動的，或是闇影就是偏好妙齡女孩，抑或是我對自己說「闇影」這兩個字的時候，我究竟知不知道自己在說什麼。我把滾燙的臉貼著黑板幾秒鐘，隨後寫下了「和平」一詞。身爲特教助理就只有這麼點好處。什麼時候想在黑板上寫「和平」都隨你。誰敢抱怨？這可是和平呢。這兩個字絕對不會有壞處。

這天早晨我被鄰居修剪樹木的聲音吵醒了。我跟自己說只要我下床，他就會停止。樹越修越小，沒多久就只剩下樹樁，他又爬到地上去修樹根，可是我仍然下不了床。樹根修光了，他又隔著土壤在鋸底下的樹根，我跟自己說等他挖穿了地道，一路挖到中國，我就會起床。他忙了一整天。我無法自抑，哭個不停，身體一下蜷縮一下又伸展。其實我是因爲頭痛而在床上打滾，就彷彿我是一條肌肉，唯一的目的就是哀悼。可是等到鄰居挖到地球的熔岩核心時，我已經一動不動。我把自己累壞了，只能茫然瞪眼，從頭到腳檢視天花板。我能感覺到他在上海的街道下向上推進，而讓我驚恐的是，我餓了。這是身體在表達希望。他衝破地表，呼吸到中國的空氣，這時我也坐了起來。他繼續向天空推展，穿過樹葉，鑽出雲堆。我的鄰居一路鋸向外太空，切過銀河，與群星及星塵擦身而過。他繞行宇宙一圈，繞了一個巨大的圈。之後他降落了，一聲悶響，他落到了自家的院子裡。我掀起窗帘，看見他把灑水器拿出來。天色已是薄暮。要是他看見我，我就會活下去。抬頭啊，抬頭啊，抬頭啊。他抬眼往上看，彷彿是出自他的意願，而我揮手。

作者註：儘管梅德琳·藍格勒確實寫了一本書叫做「急速傾側的行星」，故事中與她同名的角色卻純粹是虛構人物，她的先生也是。

Ten True Things

十點真相

大家因為習慣了不去愛，所以需要一點幫助，就像是在黏土上切出切痕，讓另一塊黏土能附著上去。

有些婦女確實是精擅女紅，你不禁納悶她們幹嘛還來上初級縫紉班？我偏愛的想法是她們缺乏自尊。她們似乎冷靜自制，天生就是要讓我們自覺笨手笨腳的，可是骨子裡，她們對自己的看法卻是幾近病態的扭曲。至少我對自己的技術有自知之明。我的女紅糟糕透頂，不過好玩的是，我竟不是班上最差勁的學生；我隔壁的嬌小亞洲女人才是。我很確定她的針線活做得很好，因爲世界上大多數的衣服都是亞洲婦女做的，再說，論起做和服來，誰做得比較好，是我？還是來自中國或日本的人？唔，她還眞教了我一課什麼叫種族歧視呢。她也不知道是想做件和服式的袍子，還是以爲我們在做的是狗的床單？我以前老是被她害得分心；她對於老師的指示總是自行詮釋，讓我簡直是瞠目結舌。老師如果說把多餘的布料裁掉，這女人就會小心翼翼把她的粉紅法蘭絨摺成對半，別上大頭針，往後一坐，等待下一步指令。要你往東你卻偏偏往西，結果會如何？她要怎麼知道做好了？而爲什麼人人都坐視不理？我是否該採取什麼行動？又該怎麼做？後來有一天，老師繞過來，告訴我把最後的五條縫合線拆掉，我好想大吼，我的縫合線？起碼我的縫合線還有兩隻針腳，可她的最後五條縫合線呢？而老師好像看透了我的心思似的，一手按住她的肩膀，說，蘇，妳眞是藝術家。而蘇笑開來，老師也笑起來，兩人一起樂呵呵的笑著。所以，很顯然，我什麼也不知道。沒關係，因爲我並不是想學縫紉才來上課的。我來上課有我個人的理由。

他以爲我對電腦是一竅不通，可是我起碼知道他整天都在寫電子郵件。我知道空白表格程式和電子郵遞系統的差別。他甚至懶得把電腦的喇叭聲調小一點，所以一整天我都偷聽到「你有郵件」的聲音。而我還得假裝那是算算術的聲音。我看得出他幾時收到一封精彩的信，幾時是性感的信，因爲他對我會很寬鬆隨性，爲的是抵制他心中的怒火。我可不是在打比方，我是眞的看見他的心臟在敲打，在他的襯衫口下移動。我了解這個男人，我監視他的一舉一動。我是他的秘書。

他以前租了兩間辦公室，他自己一間，小間的給我。可是後來他說手頭比較緊，我們應該合用一間辦公室。手頭緊。他在七十二之上又加了十三。二加三等於五，檢查電郵，一加七是，檢查電郵，八，檢查電郵，所以總數是，我他媽的是哪棵蔥啊，八十五。他就是這麼支解一天的，以最痛苦的方式，一分鐘一分鐘的凌遲。一個了不起一點的人會索性開槍，給它個一了百了。厲害一點的會計師會當眞的去審查什麼帳目，而不是僱用另一個比較便宜的會計師來記帳，就這麼魚目混珠過下去。你很吃驚的樣子，其實你心裡明白。這種事在會計師是司空見慣的，印度料理餐廳也一樣。菠菜乳酪？選得好。侍者把點菜單交給了廚子，廚子交給跑腿小廝，小廝衝上街，向另一家虛有其表的餐廳點了一分菠菜乳酪外帶。這就是餐廳越昂貴，出菜時間越長的道理。時間全花在跑腿上了。而在會計師事務所裡，我就是跑腿的小弟，是我負責僱用眞正的會計師。我幫了他一個大忙，省得他丟人現眼。爲什麼有人要這麼做，惹那些麻煩假裝是會計師？乾脆不要當會計師不是更輕鬆一點？說穿了就是因爲作繭自縛。你說你要當會計師，結果你就得說話算話，大家也期望你實踐諾言，順水推舟似乎是一條比較不費力的路。我想他是第一次約會就跟她說他是會計師的，後來他又去印了名片，名片上寫著瑞克·馬若索維克，會計師，二三六四九五四。而他遞給她一張，接著他裝了電話，因爲名片上有電話號碼，再來是添購辦公桌，爲了放電話，接著又租辦公室，爲了擺辦公桌，後來又僱了我。所以在某種層面上，我們兩個都爲她工作。

我想知道她是誰。她是不是花容月貌？她是不是太過無知，所以不配獲知眞相？她是否也是騙子，因此兩人只是自欺欺人？我不相信心理學那一套，心理學說人做什麼事都是爲了自己打算，這話不對。我們是群居的動物，我們做事都是爲別人而做，不是因爲我們愛他們，反而就是因爲不愛。她從不到辦公室來，可是偶爾會打電話來。通常他會要我說他不在。

瑞克·馬若索維克事務所。

黛娜，我是愛倫。

嗨，愛倫。

（瑞克點頭，在，他在；或是搖頭，不，他不在。）

瑞克在嗎？
不，他不在。要留言嗎？
能不能請他回家的時候順便去拿我的香精？
香精是什麼？
是蒸餾花朵製成的藥。
像玫瑰水嗎？
差不多，不過我的香精是粉紅猴面花。
那是治什麼病的？
治療以身體爲恥。
喔，我會告訴他。
（或是另一種情況。）
嗨，瑞克在嗎？
不在，要留言嗎？
妳能叫他盡快回我電話嗎？
失火了嗎？
什麼？

有什麼急事嗎？

我好無聊喔。

喔，我會轉告他。

就這樣，多年下來，我慢慢認識了她。不像我認識他那樣；我並沒有每天看著她的汗珠一陣一陣的滲出。可是，就像長春藤，我們也是見縫就鑽。而她似乎有容納我的空間；她從不在可以轉頭走掉的空檔轉頭走掉。她從不多問，但她也從不退縮。這是我希望別人會有的特質，不退縮。有些人需要別人先在他面前鋪上紅地毯，他才願意邁步走向友誼。這種人看不見四面八方都有朝他伸展的小手，就像樹上茂密的樹葉一樣。

瑞克．馬若索維克事務所。

黛娜，我是愛倫。

嗨，愛倫。

瑞克在嗎？

他剛出去。要留言嗎？

妳能不能跟他說我會晚點回家？

有事啊？

我要上初級縫紉班。

在哪裡上？

成人教育中心。

喔，我會轉告他。

這是伸出來的一隻手，一個女人乾燥攤開的手掌，而我緊緊的握住。我提早回家，上課之前先端詳我的公寓。我想要透過她的眼光來看每件事物。我總在把某人帶進我的人生之前做這件事；我盡量釐清我是誰，才能讓他們能夠輕易了解我。我繞著公寓走，透過某個以身體爲恥又對縫紉感興趣的人的眼睛。我把廚房裡的東西挪了位置，隨手把最好的毛衣拋在床上。我撢掉電視機的灰塵，卻弄亂了桌上的文件。她不會來這裡，可是見過她之後我會回到這裡，而我知道我會感激自己的先見之明。

我並沒有一眼就認出誰是愛倫，因爲上課第一天我們並沒玩什麼姓名遊戲。過了一定的年紀，他們就會捨棄姓名遊戲這種玩意，對我實在是莫大的遺憾，因爲我極愛繞圈自我介紹這種活動。我眞希望有一門課可以讓我們不停繞圈，繞啊繞啊的，最後我們把自己的大事小事都交代得一清二楚。初級縫紉班的座位是一排排的，所以很難一次看見所有學員的臉孔。有十四架勝家縫紉機，我們各坐在一架機器後。我也不知爲什麼竟沒想到會有縫紉機；在我的想像中是針線，女人圍坐著做針線，一面閒話家常。我猜是比較像縫百衲被。可是老師在教室裡巡視我們縫直線，我仔細傾聽，我前面的那個褐色腦袋喃喃念著她沒辦法穿過繞線筒，但是她把「穿過繞線筒」說得好像是「粉紅猴面花」。一個褐色頭顱，溫柔的褐色頭顱，可愛的頭髮，可愛的溫柔的頭顱。隔天上班時，我以全新的眼光打量他。我努力在他身上看出一些優雅，可以承接那分溫柔的。說不定眞的有，說不定眞的有，只是以我的觀點我看不見，因爲我，多多少少很討厭他。

下個週末我到編織品小庫去買了紅藍色的格子呢，正要走出店門，就看見她下了汽車，朝店鋪而來。我停下來，忽然明白她又不認識我，因爲我在班上是坐在她後面的。所以我沒有打擾她，我看著她走進店鋪，那分從容眞像是紀錄片裡的野生動物。隔天上課，她掏出最教人驚艷的布料，上頭有羽毛，各式各樣鳥類的羽毛。從我的位置看過去，羽毛好像照片。眞有這回事嗎？把照片印在法蘭絨上？我想像她繞著世界飛，拍下全部鳥類的照片，而小鳥簇擁著她，教導她飛翔，她在空中仰天翺翔，絲毫不害怕。這一週她在穿線方面仍然不順利，我也是。蘇索性把繞線圈整個拆下來，放在地板上。沒有繞線圈，而且自信滿滿，蘇就是那副德性。

最後是愛倫先主動接觸的。通常總是這樣，因爲我很龐大。小東西會流向大東西，以海洋與河川來說，河川匯入海洋，與海洋合而爲一。我們並沒有合而爲一，可是下課後我們自我介紹，我說我是她先生的秘書。我說是她勾起了我上縫紉班的興趣，我希望我們能夠熟悉起來。把友誼建立在誠實上是十分重要的。她點頭，在每方面都表現得惹人憐愛。我可不是在說什麼蕾絲邊戀情，不過我倒是不反對就是了，我覺得要是有個女人在燭光下對著我緩緩跳脫衣舞，還隱隱有身體接觸，那我是會受引誘的。我對新事物向來很開放，但我跟愛倫不是那麼回事。我們就在這第二堂課後一起回到我的公寓。我帶她參觀了一圈，她探頭看我的臥室，眼光落在我最好的毛衣上（我每天都會把毛衣往床上丟一次）。她說，好舒適的地方，而一股舒適的氣氛也環繞住我們。等她看到我髒亂的書桌，她說她也是一樣，她還說電視機上沒有灰塵，又說我是很容易愛上的人。大家因爲習慣了不去愛，所以需要一點幫助，就像是在黏土上切出切痕，讓另一塊黏土能附著上去。

我用濃縮果汁泡柳橙汁，我還教她擠入一顆眞正的柳橙就可以除去冷凍的味道。她表示驚歎，我哈哈笑，說，生活是很輕鬆的。我的意思是有妳在生活就很輕鬆，可是妳一離去，生活就又變得艱難。這天感覺上像是生日，我們的第一次，而我們自己就是禮物，等著一次又一次打開來。我們倒是做了一件事，就是試穿彼此的鞋子。我的鞋子幾乎有她的一倍大，這也沒什麼。不只是我的鞋子；我的腳、還有我身體的其他部分都是。她伸出胳臂比著我的胳臂，就像是一個胚胎放在兒童旁邊。她說搞不好她還在成長。我們腿貼著腿，而這也一樣是大小分明。我們的好奇心像是玫瑰盛開，我們想要知道，眞的想知道，彼此那些無法知道的事情以及我們有何共通點，有何歧異處，而如果我們眞有不同，那說不定沒有人有相同點。我們想在漆黑的水域撞擊出閃電，就爲了看看，即使是一秒鐘也好，下方的整個世界，千萬個物種色彩繽紛璀璨；給我們生命，現在。我們的腹部和嘴唇貼合，而這裡也是大小分明，但我的嘴唇大約跟她的耳朵一樣大，而她的胳臂，攬著我的腰，感覺很長，最重要的是，很溫暖。我們變得靜止不動，盯著彼此。直視彼此的眼睛似乎是極度危險的事，但我們卻在做。你能盯著一個人多久？在你必須要想到自己之前，像是把毛筆再浸回去，爲了吸飽墨汁。好長一段時間；你不需要吸更多墨汁，沒有理由再需要什麼，因爲她跟我一樣好，她跟我一樣住在地球上，她跟我一樣受苦。先別開臉的人是她，她把床單拉到下巴。

之後，我倒了更多的柳橙汁，教她怎麼做柳橙汁冰塊。但她說她早就知道怎麼做了。她穿上裙子和小小的鞋子。突然間，時間很晚了，從我坐的地方，我看見灰塵又在電視機上聚集。我可能再也不會給電視機撣塵了；我沒有理由那麼做。剎那間，我覺得好悲哀，我抓起一塊布，當場就撣了起來，我正撣著，她說，我能不能問妳一個私人的問題？我說，什麼問題？她說妳有沒有碰觸過女人？我停了下來。這不是問題，而是答案，而我只能附議。我說，沒有，可能沒有，除非是有人對著我跳風情萬種的脫衣舞，就算是那樣也未必會碰。她說，我也是。我不再撣塵，把布摺成小方塊，握在拳頭裡。我當時的感覺是喝太多柳橙汁了，果酸正在損壞我的胃，說不定也在損壞我其餘的器官。我動也不動的坐著，爲的是要保持人形，而不釋放氣體。我低頭看著龐大的大腿，讓我想起了她的先生。她正在拿皮包和鑰匙。我挺直背，朝她跨了一步，說，我要告訴妳妳先生的十點眞相。我豎起一根手指頭。第一點：他不是眞正的會計師。她說她早知道了，另外九點是什麼。我說其實只有一點，其他九點只是相關的細節。我問她是否想到過印度料理餐廳這樣的類比，她說，妳在說什麼？我解釋給她聽，她反問我是否在說與種族有關的笑話，我說不是，這是不爲人知的眞相。但我們對不爲人知的眞相，或是任何形式的眞相已喪失了興趣。

她走後，我立在客廳中央，決定愛站多久就站多久。我以爲最終我會覺得無聊，可是並沒有，我只是每下愈況。我仍握著撢塵的抹布，我也知道要是能任抹布落下，我就能移動。可是我的手卻是爲了握住這塊髒布不放而生的。我擔任他的秘書整整三年，每一年都是由上千個時刻組成的，要不是她，每一個時刻都讓我忍無可忍。到現在這一點似乎很清楚了，我們兩個，至少我是，看在她的分上出汗賣力的。爲人母親的會工作養活孩子，爲人丈夫的會工作養活妻子。我覺得這個基礎動搖了，而在我的腦海裡我說，快跑。可是我不能跑，不能從花了我三年時間打造的地方跑開。我握著布，讓一切東西落在我頭頂上。我的膝蓋發軟，我跪倒在地。我用英語大喊，我用法語大喊，我用所有的語言大喊，因爲眼淚走遍世界都一樣。是世界語。

隔天我是出於好奇才去上班的，就像人們在戰後回到村落去看看還殘留些什麼。膠帶台仍在原處，還有我的椅子和辦公桌，還有他跟他的辦公桌。可是其他東西都沒有。所有隱形的東西都沒了，而在原來的地方，只有一個差勁的會計師跟他的秘書。正午他走到我的桌前，說，愛倫跟我說妳們兩個昨天密會。我盯著他的衣袖，當那是他的臉。我沒想到會到這個地步，侮辱竟然會在血跡上跳動。我連「密會」是什麼意思都搞不懂。我想著要立刻開口辭職，也想到要剪掉我的頭髮和他的頭髮。我想到剪掉我們兩人的頭髮，混在一起，點上一把火燒掉，然後再辭職。但是想歸想，我什麼也沒做。

上課最後一天，有水果潘趣酒，我們都穿著自製的袍子。我們把袍子從縫紉機上拿下來，熨平，套在我們的衣服外面。我們像一群極爲相熟的女人，會一起在早晨醒來，伸懶腰，換上袍子。格子呢長袍，紫紅長袍，她的羽毛圖案長袍。我遠離她而站，而她離我甚至更遠。我轉向另一個女人，撫摸她的腰帶，問她如何把四角縫得那麼平整。她說她用了大頭針，說很簡單，說她可以教我。她把我的腰帶兩端拉起來放在她的大腿上，開始扯出四角。每扯動一下，腰帶都會振動，連帶振動我的腰；我希望愛倫在看。法蘭絨長袍讓教室多了分溫柔；似乎把成人教育中心的冷冽遮掩了些。兩個女人正輕拭另一人的胸口，因爲她把潘趣酒灑在身上了。一群年紀較輕的女人在互相編辮子。但我和愛倫之間的漆布地毯仍是小心的拉開距離，閃爍著亮光。這時蘇突然從洗手間出來，一手握著袍子，全身赤裸。她發現袍子套不上，因爲那不是一件長袍，那個玩意什麼都不是。所有的女人都停下動作，鴉雀無聲，愛倫跟我互看了一眼，回憶起了我們的赤裸，像是淩空發作了一場病。她的眼中沒有抱歉，沒有愛，也沒有關心。但她看見了我，我存在著，而這讓我卸下了肩上的木頭。就這麼簡單。蘇大膽走過房間，把那一團法蘭絨丟在正中央地板上，活像是粉紅色的蜂巢或是巨大的鬱金香花苞。所有女人都聚攏過來，它就像火，像火，我們都知道不該玩火，可是我們都無法移開目光。

The Moves

動作

我總是想把事情寫下來，而他會冷笑，問我大限到了是否也要把筆記帶著走。

父親臨終前教我他的手指把戲，這是一種讓女人熱起來的手指動作。他說他不知道對我是否管用，因爲我本身就是女人，可是他也只有這點嫁妝遺留給我。我懂他的意思：他指的是傳承，道統，而不是嫁妝。總共有十二個動作。他在我的手上做，就像是手語。究其實，絕大多數的動作是速度和壓力的結合。有些花樣超乎我的想像。我猜想他是在海外學會的。速度和方向驟然逆轉。手指靜止不動，一秒之後，又快速敲擊，他稱之爲「剝皮」。我總是想把事情寫下來，而他會冷笑，問我大限到了是否也要把筆記帶著走。妳會記得的，他說，而他用乾癟的手指持續在我的掌心剝皮。感覺像是手部按摩。他的自信教人驚訝。我無法想像單是做這種動作竟然可以有偌大的自信。妳會讓某個女人非常非常快樂，他說。但我知道我從沒讓誰非常非常快樂過，我只能想像眞有那麼一天，我會求爸爸出馬。可是等到那一天，他已經過世了，而我猜她會是個蕾絲邊，不想要他碰。我得要自己做手指把戲。我必須要決定她何時準備好要七上八下。她能應付靜止那一拍的激烈，向剝皮的急速之樂降服嗎？我得要傾聽才能得知答案。不只是傾想她的呼吸，我爸說，而是傾聽她腰窩肌膚的濕潤。汗珠就是妳的秘使。前一刻她會像隻貓一樣乾燥，但是下一刻——凱普鎮淹水了！別等著確認，否則妳也會錯過船隻，跳上去，動作，動作，動作。

每天早晨如果我想要鼓勵自己，我會想起他說的這句話，就會得到莫大的安慰。我知道將來有一天我會遇見一個特殊的人，我會有個女兒，而我會把他教我的東西教給她。別等著確認。動作，動作，動作。

Mon
Plaisir

我的榮幸

生活可以很簡單，只是我們都喜歡把它弄得很複雜。
我知道我就是。

很可愛。

我知道，可是拿下來。我要的是到下巴的長度。

妳不想試試再短一點？剪到這兒呢，到耳朵？

你覺得比較好看嗎？

不會，可是你就會再少個十吋多的頭髮了，我們可以拿給愛之髮，那是個慈善組織，專門爲沒有頭髮的兒童做假髮的。

你也是其中一員嗎？

不是。

那我想還是原來的長度就好了。

妳可以讓頭髮再長個一吋長，然後再回來，到時我會幫妳剪到齊肩長短，這樣大家都有好處。

不要，我今天就得剪。今天是我的下半輩子的第一天。

喔。上個禮拜我也有過那樣一天。

眞的？出了什麼事？

我早上醒來，就想，今天是我的下半輩子的第一天。

然後呢？

我開車去上班。

喔。

對。

我們給那個孩子一些新頭髮吧。

我先生看見了我的新髮型，給了我一個眼神，只要我們倆有誰忘了自己是誰，我們就會祭出這種眼神。我們不是會買即溶可可粉的人，我們不閒聊，我們不買赫馬克公司的卡片，也不相信赫馬克那套情人節或結婚紀念日送禮傳心意的儀式。總歸一句話，我們盡量遠離那些無意義的事，我們偏愛的事情是有意義的。我們喜愛的有意義的事前三名是：佛教，吃得正確，內在風景。剪髮與剪指甲——包括腳趾甲，歸入同一類，也就是和修剪草坪是同一類。我們並不眞的相信草坪需要修剪；我們會修剪草坪完全是爲了迴避與鄰居的交鋒。街坊鄰居把灌木修剪成荒謬的動物造型。卡爾看我那樣子就彷彿我是鄰居，彷彿我的頭髮是荒謬的動物造型。隨後他又繼續謄寫貝利．孟岱爾森講述的宇宙法規。孟岱爾森算是我們這地方的宗教導師。卡爾謄寫這些東西是爲我們去的禪道做義工。有時演說很長，要花掉他五十多分鐘的時間才抄得完。但對他來說很值得，因爲等到謄寫好的演說稿出現在山谷松禪道網站上，他可以說：是我寫的，這麼說也不算錯。

我回到臥室，躺在地板上，以免弄亂了床單。從我躺的地方，我能看到床下的灰塵和舊雜誌。讓我想起了看過的一部記錄螞蟻的影片。床底下有完整的文明，跟地面上我們的諸多城市一樣的活躍。我們已經不再性交了。我不是在抱怨，因爲是我的錯。我躺在他身邊，努力向我的陰道傳送信號，可是那就像是硬要讓沒裝有線頻道的電視機播出有線節目一樣。我的心要求性，可是我的陰道卻只是等著下次需要小便的時刻。它覺得它這一生的任務就是小便。

八點，卡爾去上太極，可是卻提早回家來，因爲老師沒來上課。來的是一個代課老師，可是卡爾說他是假貨。

你是說他並不是眞正的太極教師？

他是個喜劇演員，一直在逗大家笑。

喔，我還以爲他是騙子，像是在街頭混的那種人。

他還把所有的招數都用美國名講。

那不是很怪嗎？一個實際上是喜劇演員的人隨便從街上跑進來教太極？就跟鮑伯·霍伯教太極一樣？

他把猿手說成「猴子巴掌」。我付了十四塊錢來上課，可不是來學「猴子巴掌」

的。

我們提早上床，我問卡爾他想不想哺乳，他不想。哺乳也是我們諸多的要事之一。有點像是佛教和吃得正確，也有點不像。其實哺乳是歸於另一類。在這個類別裡其他的事有：

我在心中莫名其妙鬱積的怒火。

還有：

總覺得有個「下階段」，而我應該在那個階段裡。

卡爾可能會在這張可以稱之爲我們不了解而且絕對不討論的重要之事清單上添加其他的項目。我們關燈前會在床上閱讀很長一段時間。我讀的是談孤僻的文章。這些日子你無論到哪兒，似乎都會碰上這個玩意，孤僻。要是我有寶寶，而他開始把紙張撕成一小片一小片的，我是不會花上幾年的功夫才發現的。我會立刻就想，要命，我有個孤僻的孩子，而我會立刻採取行動。可是我不會有孤僻的孩子。我根本不會有孩子；我太老了。不算眞的太老，只是差不多了。下定了決心的女人會繼續嘗試，可是像我這樣的女人卻是來不及了。

我早晨七點就醒了，跟自己說：今天是我的下半輩子的第二天。倒不是發生了什麼特別的事，只是那股漂蕩的感覺，就彷彿船隻在兩天前解開了纜繩，而我現在在航行。我努力注意點點滴滴，就像是觀光客，即使一切都是那麼熟悉。我以前也這樣過；其實四年前就是我帶頭讓卡爾跟我注意健康的。我開始用全麥麵包做三明治，後來又去學太極，不過我始終抓不到竅門，再後來就是佛教。卡爾一開始還幼稚地抗拒，可是後來就把新的生活型態過得有滋有味。有時候我會想像我的新興趣讓他大受威脅，所以他索性就比我更積極投入，好像是在說：你跑啊，反正跑得了和尚跑不了廟。我梳著新剪的短髮，可是仍然是當以前的長髮一樣梳，所以梳子會撞到肩膀。這是一種細膩、新穎的奇異感覺，我像握著蠟燭一樣緊緊抓住，希望它能引領我進入一個更新穎、更奇異的奇異感覺裡。也說不定我可以累積許多的小地方，堆疊成一個大的新空間。懷著這個想法，我開車到鞋店，選了一雙鞋，是我全然陌生的鞋子。售貨小姐跟我一起瞪著我那雙看得見血管的雪白的腳蹬著繫帶的黃色繩底帆布鞋。

妳要我裝在盒子裡嗎？

不用，我就穿著走。

我會建議妳不要。

眞的？

欸，我買新鞋頭幾天會在屋子裡穿，這樣要是不舒服的話，還可以退換。

好辦法。大家都應該這麼做。

生活可以很簡單，只是我們都喜歡把它弄得很複雜。

我知道我就是。

第一步就是在屋子裡穿。

那第二步呢？

穿到戶外去。

第三步呢？

第三步？就隨妳高興了。

我開車去治療時就穿著新鞋，可是下車之前就脫掉了。每次我進入茹絲的辦公室，濃密的烏雲就會從我的心中滑開，露出複雜的風景，一座灰濛濛的小鎮，一座受詛咒的城市。我在這地方老是像癱瘓了，所以茹絲總得靠發問來把我拉出來。情況再壞還能壞到哪兒去？

我們可能不會再有性愛。

這是非常不可能的事。

欸，感覺上我可能永遠也不想要了。就好像我壓根兒就不在乎一樣。

我有個客戶，她發生了車禍，眞的再也不能有性生活——她癱瘓了。可是他們的關係難道就結束了嗎？

有嗎？

沒有。當然他們面對了挑戰，可是她的伴侶仍然一樣愛她。

這一刻我哭了起來，因爲這個受傷的女人跟她的伴侶有堅貞的愛情，我一面哭一面納悶茹絲爲什麼說「伴侶」，是不是因爲她們是蕾絲邊。當然是嘍，而那個癱瘓的女人說不定還要競選州長呢。我哭得更加厲害了。我絕對會投她一票。可是眞有這個人嗎？還是說茹絲捏造她出來就跟她虛構她和她先生那些親暱、幽默的小插曲一樣？不管我跟卡爾爲什麼吵架，茹絲都能說出她和先生發生過類似的小爭論——不過他們沒有吵架，他就是愛她性情陰晴不定，而她會笑得很靦覥，說她脾氣眞的很不好。天啊，聽起來簡直是他媽的完美；我也想要笑得很靦覥，我也想要陰陽怪氣。茹絲把舒潔面紙推到我面前來，我們的時間到了。我沒有全力擤鼻，一直等到出了門我才用力擤鼻子。

等我回家，卡爾正在打坐。我喜歡這個時間，因爲他閉著眼睛；讓我有機會可以表現出我希望在他身邊可以保持的本色。我換上繫繩帆布鞋，坐在沙發上，正好在他對面。首先，我悄悄地表現得像個乖戾的女人，拱起肩膀，大皺眉頭。接著我站起來，用嘴形說：

幹嘛啦，神經病？

我拱肩彎腰，用嘴形說：你成天都在打坐。

我坐直：去你的，神經病（我和卡爾無聲版的交談不知怎麼有點像是「小壞蛋趕下台」這部電影），少找碴。我正在調和我的身心。

我又乖戾地拱肩彎腰：打坐、打坐，坐個屁。我也有身心要調和，你知不知道。

我坐直：你當然是欠調和，神經病，你就跟豆莢一樣裂成了兩半。

我又往前探，準備迎接輝煌的一刻。我把自我擠得更緊一點，閉上嘴，默默地、靦覥地嘲笑自己。哼、哼、哼、哼。首先是心碎，我哭了起來。但哭泣是種習慣，所以我向前挪，眼珠在眼瞼下往下移，變得更靦覥：哼、哼、哼、哼。我變出了一種節奏，忘了笑聲，只是每隔四個哼就呼吸一次。我用雙臂抱住自己，心裡的感覺很好，像在馳騁，哼、哼、哼、哼。我一面馳騁，開始感覺是和卡爾並肩馳騁，不由得猜想打坐是不是就像這樣。說不定我碰巧做出了一種強而有力的印度式吐納，哼、哼、哼、哼、哼。說不定這是宗教導師在你練習了許多年之後才會教你的高深技巧。連卡爾的禪道都沒有，你得到印度去學習，哼、哼、哼、哼。可是我卻瞎貓碰上了死耗子，就像達賴喇嘛出生就是活佛一樣。我，一個平凡的美國女人，哼、哼、哼、哼，做出了印度早已失傳的療癒吐納。等他們告訴卡爾，等他們把我帶到他不能去的地方，卡爾不嫉妒死才怪。對不起，我會說，可是這不是渺小的我們能夠預知的。他會掙扎，他會想辦法學會這種古老的吐納功夫，哼、哼、哼、哼，而我會笑，笑得憐憫，因爲他的模仿太可悲了，讓我想要一拳打在他臉上。我的呼吸又重又快，我輕捷有力地擁抱自己，身體也跟著搖晃，這是眞實的，怒火是眞實的，古老的，失傳的，哼、哼、哼、哼！驀然間，我停下來，睜開眼睛。卡爾在我對面。感覺到我的瞪視，他睜開了眼睛，看著我。我在他對面。我們都在，在客廳裡。

那晚他想要哺乳，所以我把睡衣掀起來。我什麼也不必做，我的奶子就在那兒，他自己會吸。這件事總讓我覺得悲哀飢渴。可是兩者正好顚倒；飢渴反而有悲哀應有的深度和調性：飢渴是一種痛、一聲嘶吼、一聲哽咽。而悲哀則可悲地受制於飢渴的範疇，只是淺酌了一口情緒，牢牢扣在緊鎖的眉頭，壓抑得住。這種感覺說不定還可以根據邏輯倒轉過來，如果說奶子裡還有奶水的話。我感到卡爾的勃起頂著我的膝蓋，可是我等著他軟掉，過了一會兒，他軟掉了。他放開了奶頭，我們躺在半明半暗中，我已經習慣了把這種半明半暗的狀態當成我們自己了。

你有沒有注意到我的新造型？

妳的頭髮？

不只頭髮。

那是內在嘍？

對，而且我也買了新鞋。

喔。

外頭有輛汽車駛過，我們看著光束滑過天花板。卡爾按著我的腳往下壓，我抓住他的腳向上挺。我們第一次一起睡覺就這樣做，這是為時七年之久的姿勢。我們不算是真正戀愛過；我們是吃飯認識的，很快就發現我們都剛和情人分手。等我們說夠了前任情人後，我們已經來往一年了。我抓著卡爾的腳向上挺，他按著我的腳往下壓。如果這姿勢是個人的話，那已經是個小二的孩子了。不過這只是一些動作。雖然如此，我還是覺得比起其他時候，做這個動作時，我跟他比較貼近。那就像我們的腳是處於完美的、誠實的、親愛的關係，可是從腳踝以上，我們就走失了。我再次往上推，但是他沒有推回來；他睡著了。

到了我餘生的第八天，我開始懷疑這真是我的餘生嗎？抑或只是同一個人生的延續？我沒有什麼再活下去的理由。第二步是把鞋穿到屋外去，我也照辦了。我在住家附近走動。我走上繁忙的大道，筆直走進深受大學生喜愛的咖啡店。我什麼也不能點因爲我忘了帶皮包，所以我借用了洗手間。我用了馬桶、衛生紙、肥皀、水、紙巾，洗手間裡的一切物品。之後我出了咖啡店，瞪著社區公佈欄。許多的傳單紙尾都有一排可撕掉的紙頭，是免費的，所以我撕了一張。接著我走路回家。我躺在臥室地板上，看著床下，腦中又浮現出有關螞蟻紀錄片的想法。完整的文明。跟我們的一樣。在那下面。我翻個身，面朝下躺著，嘴唇貼著地毯，唱起了「我爲什麼非得是戀愛中的青少年？」不過少了戀愛中的青少年，只有「我爲什麼非得是？」不過卻懷著同樣的渴望，同樣的心痛。我拿出紙頭，擺在地毯上。全都是不同的顏色，包括螢光彩。許多紙上只有電話號碼，沒有其他資訊。我把這些神秘的紙條擺成一堆，研究著其餘東西。三張要找尋走失的貓，一張要把小貓送人，一張是電影徵臨時演員，兩張是徵室友，一張是某戶絕不吃葷腥的人家有空房出租，一張是徵保母。我根據需求排列紙片，接著又根據彩虹的顏色排列。我瞇眼看彩虹，直看到變成一團模糊，接著我低聲說第三步：隨你高興。

那天晚上我突然想念起我的頭髮了。我上網搜尋愛之髮，掃描了接受假髮的兒童照片。我的頭髮絕對還不到已製成假髮，戴在某個孩子頭上的程度，可是照片仍然教人安心。頂著豐厚的頭髮，一臉微笑的小女孩拿著她們之前的照片，裡頭是皺著眉頭的光禿腦袋。我得知我的頭髮會與其他九束馬尾混和，做出一頂假髮來。而我的灰髮會挑出來，賣給營業性質的假髮店，交易的金額會支付郵寄和網站的費用。所以，我也算得上是名忙碌的婦女。有部分的我在旅行，在抵銷費用，在和其他女人的部分形成一生的聯盟。我覺得振奮，得到鼓舞。我爬上床，抓著卡爾的腳往上挺，而他抓著我的腳向下壓。

我覺得我們需要邁向下一個階段。

意思是要生孩子嗎？

你明知道我要生孩子太老了。

也不過是高齡產婦而已。

是啊，可是我說的不是這個。是我要我們兩個一起做的事。

跟性有關嗎？

沒有。你爲什麼這麼說？

什麼？我以爲妳的意思是，妳說一起做啊，所以我以爲——

你對我們的做法沒有意見吧？

我們可以現在就做嗎？

我們以我們的方式做了。卡爾吸奶，而我幫他手淫。接著我轉過去，撫摸自己，而卡爾則輕拍我的後腦勺。我高潮了，卡爾的手退回到他那邊的床位。我在黑暗中翻身對著他。

別睡著了。

我沒睡。

你不想知道下一階段是什麼嗎？

是什麼？

你先答應會跟我一起嘗試，我才要告訴你。

要是我早就到那個階段了呢？

你沒有。

什麼階段？

那你答應會跟我一起做了？

好唄。

我覺得我們應該當臨時演員。就是跑龍套的。

就跟全麥麵包一樣，卡爾一開始對這個主意也不是很熱中。他笑著看我拿出來的霓虹綠紙條，上頭有電話和電影片名：「哈囉麥瑟米倫，再見麥瑟米倫。」可是我對電影業的全然無知最終還是讓他按捺不住。要比我知道更多實在太容易了，卡爾就是抗拒不了這種誘惑。於是我們開始了。

我很高興這麼快就又到美髮沙龍報到。沙龍裡溫暖氤氳，吹風機嗡嗡響，瀰漫著專業洗髮精的香味。佩翠絲把愛之髮寄來的感謝卡拿給我看，卡爾很感動，他把自己交由她處置，彷彿是要爲紅十字會捐血。每隔一陣子我就會放下雜誌抬頭察看他的進度。他並不需要什麼大工程，只是修修鬍子，剪個頭髮，修剪鼻毛、耳毛，修眉毛，但我覺得這些都是必要的整理。要是我們不夠整潔平凡，就會搶走主要演員的風采。

我聽不見他說什麼，但是卡爾似乎有意見；他和佩翠絲好像有說不完的話。她會點頭，退後一步，打量他，彷彿他是幅畫，接著再點頭，又開始修剪。這一幕我怎麼看也看不膩，佩翠絲和卡爾在又暖又香的室內說話。要想像他們兩人上床一點也不難，她的裙子往上撩，他進入她，她的雙手就像現在插入他髮中。她可以吸吮他；他會喜歡的。我對卡爾生起了一股親和感，覺得佩翠絲像是我的姊妹。其實「姊妹」這字眼太強烈了；我想要的是她來求我這麼稱呼她。我把各種絕望全數都遺留給她；我給她連我自己都不確定是否擁有的東西。她前傾，仔細修剪他的眉毛，接著退後，把他轉過來，問，妳覺得如何？

我建議接下來逛鞋店，但卡爾指出很少看到電影中人的鞋子。

可是那是因爲他們都是臉部大特寫。他們卻不會拍我們的臉部大特寫；我們會在背景走動，鞋子會入鏡。

要是我們站那麼遠可以拍到鞋子，那就更不會有人能看清楚我們的鞋子了。

我思索了一番，似乎頗有道理。卡爾竟也懂得電影業這一行，還眞奇怪。他一開始取笑我的主意時，還嘲笑說，就算這個主意不算愚蠢、低級、平庸到幾乎侮辱人的程度，我們還是沒辦法去做，因爲我們沒加入工會。

什麼工會？

龍套演員工會。

眞有這種工會？

妳總不會以爲他們會隨便讓人就這樣跑進片場吧？

可是眞的就是這麼容易；後來，我們上了即時選角達康網站，發現許多電影在達成工會規定的配額之後，都會僱用固定的人。我們也獲知了臨時演員的重要；他們一點也不「臨時」。試想老西部片中一家生意興隆的沙龍。壞蛋走進來，我們要如何知道他是壞蛋？就因爲上百個臨時演員動作突然僵住，正要送到唇邊的啤酒杯頓在半空中，洗牌的手凍住，擲飛鏢的手愣在半空。等卡爾謄寫完了每晚的經文，我就大聲讀出來給他聽。

能不能讀點東西給你聽？

什麼？

能不能？

能。

等你能領會樹木的美，你就會知道什麼叫愛。

好句子。

我也覺得好。

是哪裡抄來的嗎？

對，晚餐後聽來的。

聽來的……耳機啊？

對。

卡爾的後半輩子的第三天，亦即我的下半輩子的第十一天，我開始撥這個電話號碼。即時選角達康解釋說您願意鍥而不捨一連數小時敲下重撥鍵，就已經進入了甄選的過程。應徵這份工作就是需要這種專業的態度，其慎重嚴謹就如同要贏得收音機抽獎一般。導演們物色的人選必須要樂意幾乎無所不做，可是又必須能開開心心一連數小時幾乎無所事事。

我按下重撥鍵，同時也瀏覽了許多臨時演員的網站，而這些網站都連結到別個與好萊塢明星有關的網站，又連結到有關成人電影明星的網站，到最後，我發現自己正在看一個名叫莎凡娜．班克斯的漂亮年輕女郎的個人網路實況轉播秀。莎凡娜並沒有裸體，跟我原先想的不一樣。她坐在書桌後，首先做的事像是付帳單，接著打電話。她似乎是在檢查留言，但過了一陣子，我才明白她只是在按重撥鍵，跟我一樣。我突然很肯定她是想撥通哈囉麥瑟米倫，再見麥瑟米倫的選角電話。要是他們先接了她的電話，我會非常的沮喪。她不像我這麼需要這份工作；她獨居，有網路實況轉播秀，她有許多許多的選擇。她向後靠著椅背，等待著。我也能等。我們兩個旗鼓相當，陷入了僵局。然後，我贏了。

選角。

喂，我是來問選角的事的。

哪部片子？

「哈囉麥瑟米倫，再見麥瑟米倫？」

喔，那部已經選完了。

眞的？

對。

喔。

對，再聯絡。

喔。

嗯，說不定他們還缺一個人。我不確定，可是要是妳直接過去的話，他們說不定會額外再加一個人。

喔，可是不止我一個人，還有我先生，他現在在上太極課。

兩個是不太可能的。

可是問題就在這兒——我們一定要兩個一起。

誰知道呢，說不定他們需要的是兩個。我眞的不確定。

妳覺得呢？

你們應該直接過去。

眞的？

反正最壞的情況還能怎樣？

說的也是。

每人帶三件襯衫去。

我會帶四件！

我掛上電話，又一次看著莎凡娜。她正穿上大衣，抓起皮包。我收拾好襯衫，站在車道上。不公平，她佔了優勢，不像我還得等卡爾回來。

電影是部愛情悲劇片。麥瑟米倫是個老人，愛上了一個孩子，苦苦等她長大成人，卻在她十八歲生日那天因爲年紀老邁而下世。我們演出的一幕是麥瑟米倫帶著他六歲大的心上人到一家時髦的法式餐廳，叫做「我的榮幸」。我們跟另外二十二對臨時演員成雙成對圍坐著舖了長桌巾的餐桌。麥瑟米倫跟女孩就在我們旁邊一桌，手牽著手，凝視著彼此的眼眸，那模樣教人看了，比方說是教我看了，很不舒服。可是這兩個虛構人物的情愛不是我可以批判的。助理導演戴夫要我們一邊吃飯一邊談話，就照我們平常在法式餐廳享受美食一樣，只是要小口吃，才能讓餐點撐上個四到五小時。卡爾低頭看著盤子；不吃法式料理對我們來說很容易，因爲我們是很重養生之道的。開拍！

嗨。

嗨，卡爾。

我們通常不會在晚餐的時候說嗨。

我現在要喝點水。

我也是。

不行，我們不能同時喝水！

有什麼關係？

這樣太假了。

可是我眞的很渴。

那，等一下。

卡爾向後靠著椅背，等著。

你在幹嘛？我們得不停講話！

嘿，顯然我不是演戲的料，不過這也不是我的主意，不是嗎？

喔，太好了，這會兒又是我的錯了——

卡！卡、卡、卡、卡！

我們因此而學到了當臨時演員的第一課。戴夫說要我們照平常在法式餐廳那樣子交談，他的意思是像平常那樣交談，可是不能發出聲音。要默然交流。他還以爲我們知道。不。我們連爲什麼在這裡都不清楚。莎凡娜．班克斯呢？我四下掃描，卻沒看見她在「我的榮幸」裡。她當然不會在。她說不定壓根兒就不是本城的居民。她說不定是活在某個眞正的日子裡，正坐在某家眞正的法式餐廳裡。我望著卡爾，卡爾也望著我。這下子我們荒涼的現實一覽無遺了：我們不能離開，也不能交換伴侶。麥瑟米倫枯皺的手輕撫小女孩一隻手，戴夫又喊開拍。

眨眼之間，我們成了演員。我們像一般人一樣交談，我們傾聽點頭，默然發笑，小口吃著食物。我們移動著嘴巴和臉孔，我們偶爾做手勢強調，我們讓自己生氣蓬勃，就像年輕夫妻交談時那麼生氣蓬勃。卡爾甚至還打斷我的話，動著嘴巴，點頭附和我說的話，假裝是向前邁進一步，而我也就知道，就如別人在開心時說話一樣，他說了什麼好笑的事。我無聲發笑，卡爾露出微笑，對於能逗我大笑而欣喜不已。看見他的笑容實在太奇妙了，我能感覺到自己在發光，多少覺得自己很美，接著是卡。

可以交談了，我們卻一言不發。甚至無法彼此對望；太尷尬了。我緊張地等著開拍，等戴夫終於發號施令，我抬起頭，迎視卡爾的目光，只見他笑得露出了魚尾紋。他穿著假領襯衫，頂著新髮型，儀表真是出眾。他倒了更多酒，我們舉杯，默然說，敬我們！而我知道「我們」二字指的並不是我們，而是那個在「我的榮幸」首次邂逅的兩個人。我一手滑過桌面，卡爾迅速伸手覆住，我像支擦燃的火柴般綻放光芒。接著是卡。

我們又是低垂著目光等待著。他的手仍覆在我手上，卻毫無生氣，燈光調整，照耀我們四周，我有時間去揣測還剩幾場戲要拍。不可能夠多。

一聽開拍，我就捏捏卡爾的手指，他也捏我的指頭。迫切的需要在此時似乎是十分明顯了，我們都向前探，我捏住他有鬍子的下巴，蜻蜓點水吻了一下，不希望搶了主桌的焦點。我們之間的感覺是哀悼絕望的。我們無法別開臉不看彼此，就連吸氣都成了發問：好嗎？答覆的是：好。跌落、接住、跌落、接住，我們降到了一處危險又艷麗的地方。我始終都知道有這個地方，只是猜測不出是在哪裡。卡爾新生的幽默感在寂靜中洶湧，他做出荒謬的小動作，我訝異得險些就笑出聲音來。而且我也沒辦法動作卻不做愛。我每次在椅子上欠動，每次舉起叉子，每次把眼前的頭髮拂開，似乎就像在蜂蜜中推進，既緩慢又飽含暗示。我怕我們的呼吸太大聲。我抓緊他的兩隻手臂，他脫掉鞋子，就在餐桌底下，我們的腳以幾近雄辯滔滔的方式推進。戴夫大喊，卡，接著：

背景部分完成了，謝謝各位演員！

怎麼可能結束了？卡爾跟我看著彼此，難以置信。片場人員鼓掌，人人也都鼓掌；我們也只能起立，跟著另外二十二對用餐的人，跌跌撞撞走出房間。我們分別往男女更衣室走，沒有看彼此一眼。駕車回家的路很漫長，而且封緘在能讓人溺斃的沉默中。走過前院草坪，卡爾停下來，把我昨天拉出來澆水的水管捲好。我等了他一會兒，後來又覺得站在那兒很傻，就進屋去了。時間很晚了，所以我開始做晚飯。一直等到我們落座，我才突然覺得很荒誕。我們又坐了下來，一起默默進餐。我用叉子戳入蔬菜中，哭了出來。卡爾抬頭看，我們隔桌瞪著對方。我們都非常清楚：我們不該再在一起了。

卡。

往後幾週，我們出乎自己的意料之外。我們的老習慣很容易就分了家；我在客房裡醒得很早；他熬夜跟網路上的佛教徒聊得起勁。我們就跟大學室友一樣，本能的使用冰箱不同的架子擺放我們各自購買的食物。結果我們喜歡吃的食物竟然也不一樣。我們尋找新的住處，有時會抓住同一張公寓出租的清單。而我們罕有的幾種親密行爲早已中斷了。跑哪兒去了呢，那些我們以前的活動？資源回收了嗎？被中國的某些新婚夫妻拾走了嗎？就在此時此刻，是否有一名瑞典男人跟女人在腳對腳呢？我們協助彼此搬家，首先把一些箱子搬進一間他在附近找到的公寓，接著開著租來的搬家卡車到本市另一邊我的新公寓去。卡車搬空之後，我們擁抱，而我想：不到一分鐘，我就會走進我的新家。卡爾在車窗內朝我敬禮，駕車離去。我轉過身，朝新的前門走去。就是它，我心裡想，我來了。可是在抵達前門之前，我聽見了喇叭聲。他又回來了。我將一把種花小鏟忘在前座上。我們討論該如何處理；現在我們兩人都沒有庭院了。我開始覺得這番涉及鏟子的談話恐怕是沒完沒了。我眼中的我們是兩個老人，站在人行道上，中央是一把鏟子。我迅速拿了鏟子，舉在胸前。他回到車上，我朝前門走，手中握著鏟子。就是這樣，我心裡想。我一個人了。我低頭看著街道以便確認。沒錯。

Birthmark

胎記

現在，她臉上的遊戲玩不成了，剩下一種付出代價的氣氛。

「把疼痛分為十級，而分娩是第十級，這大概是第三級。」

「第三級？是喔？」

「是啊，他們是這樣說的啦。」

「還有什麼屬於第三級？」

「嗯，把移位的下巴推回原處大概是第五級。」

「所以第三級不像推下巴那麼糟囉。」

「不像。」

「那第二級呢？」

「腳被車輪輾過大概是第二級。」

「哇，所以它比腳被車輪輾過還糟囉？」

「但很快就會結束的啊。」

「好吧，那，我準備好了——啊不，等等，我要調整一下我的毛衣，好了，我準備好了。」

「好，動手囉。」

「三級來了。」

雷射常被描述成一束清澈的白光，但其實它比較像搥在廚房流理台上的拳頭，她的身體則是流理台上的一個杯子，一拳下去，她就跳動一下。所謂的「第三級」，到最後只是一個數字，就像商品的價錢無法描述商品本身一樣，這個數字也無法描述疼痛本身。除掉臉上的紅酒色斑，價值兩千美金。紅酒色斑是一種胎記，乍看像一場混亂的意外，那片覆蓋在面頰上的紅色區塊像是狂歡過頭的結果。她對自己的身體說話，像對一隻身處獸醫院裡的動物說話：「噓，沒關係的，眞對不起，眞對不起我們得這樣對你。」這反應並不奇怪，一般人常覺得他們的身體像動物或植物，跟他們本身所行的罪無關，當然這意思不是說她現在做的事情犯了罪。從十四歲起，她就一直耐心等待著整形手術變得便宜的那一天，如同電腦變得便宜一樣。到了一九九八年，雷射出現了，像很好的麵包，人吃下它，獲得滿足，終於達到完美，啊，是的，完美。她總是被人形容爲「……否則非常美麗」，若非因爲這話，她也不需要受這些罪。他們是一個特殊的族群，活在特殊的律法底下，大家都不知道該怎麼跟他們相處，大部分時候我們其實想盯著他們看，像盯著那種造成幻視的剪紙圖樣：一下子看起來像個花瓶，一下子看起來又像兩個人在親吻的側臉……啊，但它明明是個花瓶，它又是花瓶，又是兩個接吻的情人！世界上可能有這麼矛盾的存在嗎？更妙的是，他們的臉也是美麗與恐怖前後翻轉的幻視。翻過來看，我們比她醜，但轉瞬之間，我們又慶幸自己不是她；然而再一轉，從另一個角度看，她又可愛到讓人受不了。她兩者都是，我們兩者都是，而世界繼續轉動。

現在她的人生進入「非常美麗」的階段，再也沒有「否則」了。只有勝利者知道這是什麼滋味。你有過這種經驗嗎？渴望某件事物渴望到要死，然後終於得到了。如果有的話，你就會知道，「勝利」可能有許多種面貌，但絕對不會是你原先想像的那樣。窮人中了樂透並不會變成富人，只是變成中了樂透的窮人而已。而她，成了一個失去了醜物的美人，她的勝利就在於失去，她的周圍也洋溢著這種氣氛，她除去胎記後的樣子遂讓人有無限想像。以前，公車上隨便一個傢伙都能夠像玩遊戲似的，猜測沒有胎記她將多麼完美。現在，她臉上的遊戲玩不成了，剩下一種付出代價的氣氛。她並不笨，她都感覺得到。手術完成後的幾個月間，她獲得許多讚美，但這些讚美都伴隨著某種錯亂感。

「妳現在可以把頭髮往上撩，讓臉多露出來一些了。」

「對啊，我會試試看的。」

「等下，妳再說一次。」

「『我會試試看的』。怎樣？」

「妳原先那點口音不見了。」

「什麼口音？」

「妳知道的啊，一點挪威腔。」
「挪威腔？」
「妳媽不是挪威人嗎？」
「她是丹佛市（Denver）人。」
「但是妳明明有一點點那種口音，那種……說話的腔調。」
「有嗎？」
「現在沒了，它不見了。」
她於是感到眞正失去了什麼。雖然她心知肚明自己根本沒有什麼腔調，是胎記的關係，其濃烈甚至浸染了她的聲音。她並不懷念胎記，但懷念她的「挪威血統」，好像一個人忽然發現自己有些素不相識的親戚，但他們已經死了。
不過相較之下，這只是枝微末節，破壞性比失眠還小（但比既視現象嚴重），時間過去，她認識愈來愈多從沒看過她胎記的人，這些人並不感到她身上有揮之不去的缺失。她丈夫就是其中之一，只要看他幾眼你就會知道了。倒也不是說他不願娶一個臉上有胎記的女人，不過他或許眞的是不會。大部分的人都不會，而且並不因此損失什麼。當然有時她也會看到一對伴侶，其中一人臉上有紅酒色斑，另一個則顯然還是深愛對方，這時她就會有點恨她丈夫，而他感覺得到。

「妳怪怪的。」

「沒有。」

「妳有。」

「我並沒有。我在吃我的沙拉而已。」

「我也看到他們了。看到他們走進來。」

「她的狀況比我從前更糟，我沒有像那樣一直往下延伸到脖子。」

「妳想嘗嘗看我的湯嗎？」

「我猜他一定是環保人士。看起來很像對不對？」

「妳乾脆去跟他們坐一桌好了。」

「或許我會。」

「可是妳沒動。」

「你把湯喝完了？我們不是說要分著吃嗎？」

「我有問妳要不要喝啊。」

「好吧，那你也別想吃我的沙拉了。」

這是件小事，但終究是件事，若非淡去，就是慢慢滋長，而它沒有淡去。年復一年，它一點一點長大，像小孩子一樣，每天長那麼看不出來的一點點。而既然他們是一個團隊，且所有團隊都是爲了求勝，兩人只好不斷調整自己的視線，盡量對一切視而不見。雖然無法像原先計畫的那樣互相深愛，但他們不須言傳地放了彼此一馬，屋子裡有許多空房間，本來是爲了存放愛情，現在他們只好一起努力，拿各種五、六〇年代的經典設計師家具來塡滿：賀曼・米勒（Herman Miller）、喬治・尼爾森（George Nelson）、依姆夫婦（Charles and Ray Eames），周圍變得充實，擠得無處可退，他們再也不孤單。

然後發生了這件事：她想打開一瓶新買的果醬蓋子，於是她將瓶蓋往流理台上敲。這是個眾所皆知的廚房小技巧，敲一下，讓瓶蓋鬆開，不是巫術，不是黑魔法，就只是個釋放瓶蓋壓力的簡單方法。但她敲得太用力了，瓶子破了，她開始尖叫。她丈夫聽到聲音跑來，到處都是紅的，乍看之下他以爲是血，像一種清晰的幻覺：眼中所見正代表你眞實的內心世界。但下一秒恐懼就放過了你：那只是果醬而已。到處都是果醬。而她在笑，在草莓泥裡撿出碎玻璃，她低頭看著地板，頭髮像簾子一樣遮在她的面前，然後她抬頭望向他，說，可以幫我把垃圾桶拿來嗎？

然後幻覺又發生了。一瞬間他以爲自己看到了她臉上的紅酒色斑，怒張的紅色，面積比他想像的更大，比血還要像血，像是有病的血，或動物的血，或是種族歧視者眼中其他人種體內流的血：一種不應沾上我身的血。但下一個瞬間，它又變回了果醬。他笑著拿起廚房的抹布幫她擦臉，她乾淨的臉，她的紅酒色斑胎記。

「親愛的。」

「你可以幫我把垃圾桶拿來嗎？」

「親愛的。」

「幹嘛啦。」

「去照鏡子。」

「什麼？」

「去照鏡子。」

「不要用這種口吻跟我講話，爲什麼要這樣講話？」

「哪種口吻？」

他盯著她的臉頰，她反射性地將手蓋住臉上胎記的位置，奔進浴室。

她在浴室裡待了很久，大概有半個小時，你絕不曾經歷這樣的半小時。她盯著臉上的紅酒色斑，吸氣，吐氣。彷彿回到了二十三歲，但事實上她今年已經三十八。過了十五年沒有它的日子，現在它回來了。完全同樣的位置。她沿著它的邊緣撫摸，從右眼開始，經過右邊鼻孔的邊緣，橫越半邊臉頰直到耳朵，最後結束在下巴，紅得發紫。她心裡什麼也沒想，不害怕不失望也不擔憂，她看著那片胎記的樣子好像看著十五年前死去的自己：喔，是你啊。顯然它一直在那兒，從未離去，而她重新激起了它的存在。她深深望進那片胎記的紅色裡，吸氣，吐氣，發現自己進入恍神狀態，她想：我有點恍神了。她就這樣飄飄蕩蕩的，茫了大概25分鐘。大部分人只會茫個一秒，兩秒，甚至只有半秒，然後整個後半生裡將試著描述那個瞬間，試著重新獲得那份知覺。你會說，我那時就像飛了起來，雙手在空中揮著，但事實上並沒有那麼一雙擺動的手臂，你自己也知道。她從恍神中醒來，好像飛機起飛一樣，不再沉浸於她臉上的痕跡裡，而是俯視著它，像一座湖，愈來愈小，最後只剩地面上的一小塊，她這個飛行員曾經喜歡在湖面上空盤旋，但她再也不想接近它了。她抽出一些衛生紙，擤了擤鼻子。

而他發現自己跪在地上，跪在地上等待她。怕她不願讓他愛有著污痕的自己。但他早就決定了，二十或三十分鐘前就決定了，那污痕一點關係也沒有。他只看見了它一下子，就已經習以爲常。它很好，能讓他們擁有多一些什麼，現在我們可以有孩子了，他想。周圍空氣很鬆弛，果醬仍在地上，不過沒關係，他決定就這樣跪著等她，希望能用一種淡定輕鬆的口吻跟她談談這份鬆弛的感覺，他想要保有這份感覺，希望她不要抹去那些污痕，她應該留著，然後跟他生個孩子。他聽見她擤鼻子的聲音，現在，她將門打開，他保持跪姿，就這樣跪著，然後她將看見這個景象，心中豁然開朗。

How to Tell Stories to Children

如何說故事給孩子聽

有那麼一下子，我能看出究竟是什麼蠱惑住了我，就如蜘蛛絲反射陽光一般。毒蠱早在許久前就下在我身上了，在我渴望被誘捕的年紀，而且橫跨了幾個世代……

湯姆做了壞事。而此時，他似乎是自食惡果。能說的話也差不多都說了，所以我問起他太太。

莎拉願意談嗎？

當然，可是她很麻木。她壓根兒就不在乎。

眞糟糕。

是啊。

那個學生呢？

她照樣侖他。

喔，要命，眞要命。

是啊。

那她知道你、你的事——你有外遇？

不知道。

我們默然而坐，啜飲著茶。要命喔，十二年前我居然也在裡頭和稀泥。我用手指擠壓冷掉的茶包。幾分鐘後，我們擁抱，各走各的路。

他有幾個禮拜沒打電話來。這在我們的交情裡是司空見慣的事，剖白，再撤退，可是我忍不住納悶。我納悶我們上一次的談話是否就是拉開了序幕。嚴格來說，不是上次的談話，而是其間的沉默。飲茶時有許多的沉默深淵；回想起來，我能想像一手按住他的手，跪在其中一個黑暗深淵裡。而在這樣的深淵中，還有誰能確定自己的一舉一動嗎？你可能會向朋友尋求慰藉，而且真的照字面上的含意進入這個朋友，以便得到慰藉；而這個朋友，是很熟的老交情，可能會給你格外費心的照顧。心裡就是懷著這分情誼，我給湯姆寄了電子郵件。

午餐吧？

他回覆：

莎拉懷孕了，我們終於有孩子了！稍後再說，我得走了。只是想讓妳第一個知道。愛，湯姆。

孩子的湯餅會，湯姆的母親拿著寫字夾，繞室一圈，指派所有賓客在某天某日要送健康餐給新父母。這叫做餐點樹，就像電話樹。我收到的指令是，要是湯姆和莎拉沒有應門，我應當把餐點留在門廊的提籃裡，而提籃外會貼著一張紙，寫著：謝謝你們，好朋友！

幸好，我被指派的是最後一天，我希望日子一天天過去，時間可以帶我遠離恐怖，奔向喜樂。可是那天來了，我卻一絲的喜樂也沒感覺到。我輕輕敲了他家門，希望能把餐點留在謝謝你們，好朋友的籃子裡，其實籃子上寫的是餐點放這裡。可是大門立刻就打開了。

小黛，謝謝天，妳來了，妳能不能抱她？

嬰兒就這麼塞給了我。湯姆領著我們走過涕淚縱橫的莎拉面前，她嘲諷地揮揮手，進了辦公室兼嬰兒房。湯姆盯著我，抱歉地眨眨眼，關上了門，留下我和嬰兒。先是一片靜默，緊接著。

我沒說那種話！我說只要我想做就可以做，因爲身體是我自己的！

可是我們的孩子在妳的身體裡！妳可能會傷到她！

只要不是很粗暴的性，就百分之百安全！

喔。原來妳眞做了。

我屏住呼吸，把孩子抱在胸前，好似她是我的。一陣漫長的沉默，我想像莎拉是在無聲哭泣。可是突然間，她的聲音響了起來，清澈爽快，不帶絲毫的歉疚。

對。

好。那麼請問這個所謂不粗暴的性愛是怎麼個不粗暴法？

他很溫柔。

他們處於對我而言太過蠻荒的荒野，他們是跟野熊住在一起，他們就是野熊，他們的話從致命的野獸利牙間溜出。我眞希望這些話是經過二手，甚至三手的傳播才傳到我耳朵裡的：「我們大吵了一架，」「我聽說他們大吵了一架，」「我認識的人認識一對夫妻，是本世紀早期的那一代，他們大吵了一架，不過說不定吵架對他們是家常便飯，我認識的這個人也不是很清楚，她現在才弄清楚她其實不算眞的認識這對夫妻，因爲她對人家的丈夫有非分之想，咳，她這個非分之想比起這場不知道多久以前的大吵又不知道要早多久了。」

湯姆開始尖叫，我不禁懷疑嬰兒柔軟的頭顱會不會在此時此刻因爲暴力的刺激而變形。我盡量以理智來處理這個噪音，保護嬰兒的小小心靈。我低聲說：聽男人尖叫不是很好玩嗎？那不是違反了我們對於男人能做什麼的約定俗成的觀念嗎？接著我嘗試，噓——噓。

她把臉埋進我胸前找乳頭，我讓她含住我一根手指。她在我懷中睡著，我發現我腦中唯一有的想法是像宇宙論那麼宏觀的。我思索著太陽的球體，食物循環，以及時間本身，有似奇蹟，而且鮮活生動。我蜷起身體護住寶寶。湯姆和莎拉只是遙遠的交通，伴著我初始的開花期，我的心幾近痛苦的擴張，以便容納他們的沉淪。我研究每一根縮小比例的手指，我凝視她閉上的眼睛和莊嚴的睫毛，以及將來會很漂亮的鼻子。但我不記得她的名字。我注視她的臉。莉莉雅？不，沒那麼天眞，應該是更聰慧的名字。我瞪著架上一個塡充兔子玩偶及一排木頭雜耍小丑。拉娜？不。小丑又俯身又彎腰，最後終於對準了焦點。他們不只是雜耍小丑，還按照字母排列，而且會一輩子扭曲著肢體，就爲了拼出「黎恩」這個名字來。

古往今來總是有女人會逐漸的、自然而然的得到孩子，沒有受孕或是領養的繁文縟節。我覺得這情況很平常，但是對我的幾個男友來說，卻很困惑。

我們不是剛看過黎恩嗎？

從她戴浮臂圈學游泳就沒見過了。

可是那種游法叫游泳嗎？

喔，得了，你又不是不知道她有多怕水。那可是樁了不起的大事呢。

只說「大事」就好，省下「了不起」給我們自己用吧？可以嗎？我們可以把它省下來等什麼了不起的大事發生在我們身上？

比方說像什麼事？

比方說，我也不知道，很了不起的……感覺。

哦喔，聽起來好像你是要長篇大論了。這樣吧，你犯不著去，只要送我到那兒，四點再來接我就行了。

她朝我跑來，幾百點的水珠覆住了身體，游泳裝上有粉紅色和黃色的花朵，她的眼中迸射著陽光，紅唇張開來吼叫，濕淋淋地撞上我的腿，有一大串的話急著說。

我跳進去過，可是只是抓著池邊，後來今天早上我又跳進去了，抓著池邊，可是後來我放手了！我放手了！我踩不到底！九分鐘都踩不到！可是我想我可以再久一點，可是我得躺到毛巾上休息，因爲我好累，而且爹地說妳要來，所以我就等，我等了快要一百萬年了，現在我們可以去了嗎？妳有沒有看到我的毛巾？看，上面是一個大女生穿比基尼，和一隻小狗，別踩到了，被妳弄亂了，可不可以修好，拜託？我們可以進去了嗎？妳能不能先抓著我？

我們在池水中央漂浮，她的腿纏著我的腰，一隻手臂勾住我脖子，另一隻手在水裡指揮。我們又重又笨拙，同時卻也輕飄飄的，而且十分優雅。到了深水的那端，她緊抓住我，放聲尖叫；到淺水的那端，她掙脫了，對自己的勇氣敬佩不已。她每隔兩分鐘就檢查一次浮臂圈，又按又壓，確保沒有漏氣。

我覺得這一個漏氣了。

沒有，沒事。

妳能不能再吹大一點？

我不想把它吹破。

妳能看看嗎？

沒事，看到沒？跟另一個一樣大。

她捏捏另一個，嚴肅地抬頭，眼睛睜得大大的，接著跳上跳下，又吼叫又潑水，肆無忌憚。莎拉放下雜誌，抬頭看了一眼，又低頭看她的雜誌去了。湯姆從院子那邊望過來，我們的視線相遇，有那麼一秒，我憶起了十九歲一次舞會上，我酒醉的臉龐壓著他的胸膛，他的嘴唇貼著我的頭頂，喃喃說，妳知道我恨不得我可以。我曾經覺得他的魅力無法擋，如今想來卻似很不可思議。如今他是黎恩的父親，而她也擁有那分大膽，那分溫馨，那分壞壞的魅力，是我曾想在他身上找到的特質。黎恩把臉埋進水裡，一條戴了浮臂圈的胳臂舉在空中。每憋氣一秒，就豎起一根指頭。一、二、三、四、五；另一條胳臂舉高：六、七、八、九、十——她兩條手臂停在空中，每根指頭都豎直了——接著她的臉，從水裡冒出來，濕漉漉的頭髮貼著臉，還掛著鼻涕，喘息不定，又怒氣沖沖，朝我揮舞僵直的雙手。

我的指頭不夠了！不只十秒！妳也看到了！妳有沒有數？

我覺得是十三。

我覺得可能是二十七！

妳要知道怎麼往上數嗎？從第一隻手再開始數。

不要。

妳記住十，然後用第一隻手開始數十一。

我不要。我不想學。

那妳要怎麼數大數目？

如果超過十，妳可以幫我數啊。

好吧，可要是我不在呢？

聽見這話，她笑了。從池裡跳出來，朝躺在躺椅上的母親跑去，放聲尖叫，像在模仿酒鬼的笑，跳到莎拉身上。

什麼事這麼好笑？

黛姨。

她很好玩吧。好玩的妙女郎。

週五夜是約會夜，如此稱呼是因爲莎拉和湯姆會去約會，而黎恩則在我這兒過夜。可是由於他們多半還是留在家裡吵架，倒是我和黎恩經常出去吃飯看電影，約會夜反而成了我們的通關密語，代表樂趣無窮之夜。可別小看了一個八歲的小姑娘跟一個年近四十的老姑娘能帶給彼此什麼樂趣。我們通常從最愛的日本料理店「味噌快樂」開始。我們覺得餐廳名字取得很爛，可是麵條卻讓我們愛不釋口。我們無所不聊，包括下列話題，但不受限於此：我的灰髮，該不該染？能不能一根根染？能不能給一隻小老鼠迷你小牙刷，要牠跳上我的頭，一根一根染？還有，湯姆跟莎拉爲什麼那麼愛吵架？是黎恩的錯嗎？不，絕對不是。她能讓他們不要再吵了嗎？答案仍是不。還有：他們會幫她買二十四色一套的彩色筆嗎？要是眞買了，等黎恩帶到學校去，她最好的朋友克蕾兒會不會羨慕死？我們兩個都猜她會羨慕的要命。還有爲什麼黛姨的男朋友甩了她？

是我甩了他才對。

說不定是妳跟他的舌吻不夠多。

我保證絕不是這個原因。

那妳說妳們一天親幾次，我再來告訴妳夠不夠。

四百次。

不夠。

如果有部不錯的兒童電影，我們吃完晚餐就會去看，但通常，我們會進二輪片電影院，看些像是「花村」、「我倆沒有明天」、「洗髮精」之類的片子。我們都迷死了華倫．比提。起初我還擔心片子裡的性和暴力，但黎恩發現只要電影是一九八六年之前拍的，她就可以接受。所以，「烽火赤焰萬里情」沒問題，「伊斯達」就不適合。看完電影後，我們回家，在我的浴缸裡泡澡，也就是我們知名的華麗沙龍。我們調和各種的沐浴精，在彼此背上實驗香味、泡沫、美容效果。我們檢查黎恩的身體，尋找青春期的徵兆，但始終沒出現。（或者說是出現了，在華麗沙龍關閉的多年之後。）我們在我的大床上睡覺，我的床長寬都一樣，所以無論朝哪頭睡都可以，而黎恩則會轉圈來決定睡覺的位置，今晚我們要睡，說著她往下一倒，這邊！她躺著不動，就定位，我就移動枕頭到新的地方。我們會讀一本老骨董書，叫做「如何說故事給孩子聽，暨可以說的故事」。黎恩覺得散文體的〈比利．貝格和他的球〉和〈狐狸與公牛〉很無聊，可是她很喜歡聽我念一章叫「說故事人的心情——方法、態度、語氣的幾點原則，以心理學角度出發」。念完書我們就睡了。起初是她的背貼著我的胸睡，後來因爲黎恩身體發熱，很不舒服，所以又背對著背睡。

等她滿九歲，她一週有三四天在我家過夜，而莎拉和湯姆大部分時間都睡在別人家裡。有時湯姆在一時的狂喜之下，會建議我跟他現任的女友見面。因爲她是大美人，我覺得妳會懂得欣賞。

喔，謝了，不過還是免了吧。

怎麼，妳吃醋了？

不是。

我們要是年輕一點，妳也是大美人啊。

大概吧。

莎拉絕對是。那起碼看看照片？

不必了。

妳覺得她怎麼樣？她還不完美嗎？

很完美。

妳要不要留著照片？

我幹嘛要？

說不定妳可以貼在冰箱上？

我不要黎恩看見。

喔，她早見過她了。

黎恩十歲之後，進入了追求性靈的階段。我們三個人都沒有什麼宗教信仰，所以她從許多其他的資源吸收知識。她稱之爲天上七星，這是一種進化個不停的大雜燴，融和了神話、安妮·法蘭克的日記、從她朋友克蕾兒那兒得到的拾慧。克蕾兒上主日學，戴十字架。黎安會隨需要加減儀式；有些日子是黑暗日，她會要求我戴面紗，要不就是別靠近她。遇到法蘭克女士的生日，我們會一起哭，要是哭不出來，還有另一個選項，就是對著這本書的最後一頁，也就是他們被黨衛軍發現前的那一頁，低聲說出我們做的壞事。天上七星的威儀主要是來自於勾起內疚。黎恩戴著我丟棄的蓋亞鍊墜，其實它是有陰道的抽象涵義的，只是她並不知道，而且假裝很不願戴。克蕾兒有一次爲了戴她那條蠢十字架而怨天怨地，黎恩說，那有什麼，我父母還逼我戴這個呢。

那是什麼？

跟我們的宗教有關。

你們是猶太人嗎？

不是，哎，說來話長。來，我來示範。把襯衫脫掉。

妳要幹嘛？

只是用項鍊碰妳的背。

喔。那跟宗教才沒關係呢。我媽也會，她是用指甲，我們叫做背摳。

背摳？

對呀。

她那樣子碰妳的背？

對。

我說了妳可別生氣，可是妳媽還眞變態。

她才不會。

背摳其實就是前戲，是要讓妳有那種心情的。

什麼心情？

放縱。

那晚上床，黎恩把蓋亞鍊墜遞給我。背摳始終沒有和天上七星有直接的關聯，可是我行禮如儀了幾個月，先是一手拿著鍊墜搖晃，等手痠了，再交另一手。

天上七星的力量還眞是根深柢固；黎恩到了十二歲仍保持這個信仰。不過她倒是放棄了鍊墜和比較熟爛的儀式，換成了一連串神秘的儀式，就像猶太人有時也會遵循喀巴拉神秘主義的儀式一樣。某天晚上，她小心翼翼把三床印花床單撕成了寬條，要求我把她像木乃伊一樣裹住，爲了慶祝萬歲節，也就是天上七星版的聖誕節。

緊一點。

我覺得已經很緊了。

好吧。謝謝。

她躺在那兒，沒有手臂，無活動力，瞪著天花板。

萬一要上廁所呢？

我會尿在裡面。

好吧。

那晚安了，黛姨。

晚安。萬歲節快樂。萬歲！

萬歲。

半夜三更，我被她的呼號驚醒，其實我不應該會驚訝才對，我是說，那樣睡可有多不舒服。我解開被尿浸濕的布條，而她哽咽得到了咳嗽的邊緣。

我還以爲我會死掉。

噯，都怪我，我不該讓妳這麼做的。

別這麼說！

可是妳看看，甜心，妳凍壞了，又難過，還在哭。

儀式得這樣！儀式最後一定要這樣！

好，很好，萬歲。

萬歲！我沒事了！

二〇〇一年秋天，我認識了一個男人，名叫艾德．波格。其實是我們四個每週會和艾德．波格見一次面；他是我們的家庭諮詢師。這一年黎恩患了急性過敏，乖戾的一整年都由我照顧。請諮詢是湯姆的主意；我覺得他是希望這一個專業的局外人會被我們這一團亂麻嚇到，因而歸罪到莎拉的頭上。可是艾德．波格並沒有知難而退；反而還主張這種動能很適合我們。他說這話的語氣讓我覺得動能仍在行進，說不定就遷移到下一條街，影響另一個迷惑的家庭。而我們會變得沒有動能，四個人只剩下彼此間錯誤的感情。

頭幾次諮詢對我和黎恩是駕輕就熟：我們看著湯姆和莎拉互相砍殺，再從滿地的屍骸中爬起來，愛戀彼此，然後又覺得無聊。黎恩朝我翻白眼，甚至還無聲說，等會兒去吃優格冰淇淋，好不好？我置之不理，爲了對艾德．波格表示尊重。坦白說，艾德眞是個好人。每鐘頭的一百五十元諮詢費，我支付三分之一，我想要讓他來改頭換面。終於，輪到我跟黎恩講了。黎恩發表了一篇自我中心的演說，列舉了諸多感情上的需求，很是精彩。

我在做功課和睡覺的時候，需要寧靜祥和，不是吵架。我需要一個JanSport黑色背包——

甜心，這可不是什麼感情上的需求——

我需要媽咪閉嘴，讓我說完，因爲她憑什麼批評我的需求是不是感情上的。我需要在想到黛姨家過夜的時候就到黛姨家過夜。

艾德溫和地追問。

妳比較喜歡住在黛波拉那兒嗎？

對，可是我媽不喜歡。

（媽張嘴想說話，但又閉上。）

妳爲什麼會覺得她不喜歡？

因爲，你知道，黛姨跟我爸啊。

（我的左手抓緊了右手；湯姆盯著地板。）

黛姨跟妳爸怎麼樣？

你知道的嘛。

不，我不知道。妳覺得把心裡想的事說出來很尷尬嗎？

他們結過婚。所以黛姨就像、就像我第二個媽媽。

（湯姆倒抽涼氣，莎拉哈哈笑，而我開口了。）

我們沒結過婚，我們只是朋友！我們一直是朋友。

喔，那——

怎樣？

哎呀，人家不知道啦。人家以爲……啊，不知道啦。謝謝你們告訴我喔，我覺得自己呆斃了。

大人的幾張嘴不約而同張開來，告訴黎恩她一點也不呆，正好相反，她非常有觀察力、非常敏感，甚至可以算是明察秋毫。說不定她是想起了什麼前世的回憶？我們哈哈大笑；說不定她知道什麼我們不知道的事情呢！艾德．波格以超然的態度觀察我們，顯然並不買帳，但也不加批評，只是看著動能又照應了我們一回合，就只再一回合，拜託。

艾德．波格逼我說話的那天正是我的經前症候群發作的時候。我沒說話，卻以各種調門及速度哭泣，利用我的悲啼描述了一種毀滅性的不快樂，出乎我們全部人的意料之外。諮詢過後，我這夥的三個人擁抱了我，在這個三角形中，我覺得安全。黎恩拉著我的手，湯姆問我是否想談談我的感覺。我凝視他和他的孩子，有那麼一下子，我能看出究竟是什麼蠱惑住了我，就如蜘蛛絲反射陽光一般。毒蠱早在許久前就下在我身上了，在我渴望被誘捕的年紀，而且橫跨了幾個世代。莎拉以冷冰冰的掌心按摩我的背，驅散了幻象，我很篤定無話可說了。

我們整整一個月到艾德那兒報到，將近五次的諮詢，大家都感覺他幫了我們大忙，所以準備要叫停了。當然有人（莎拉）在尚未開始前就想叫停了，可是現在我們有了共識；黎恩的急性過敏也不藥而癒。

只要黎恩的眼睛皮膚變紅發炎，莎拉就會說諸如此類的話，像是這是妳想引起注意的方法嗎？過敏？妳就只有這麼點能耐？艾德教黎恩說，媽，我需要妳照顧我，而他教莎拉如此回應，而不需大吼大叫。她們在我的客廳裡練習這個技巧；黎恩把該說的話說得很漂亮，而莎拉則把該用的語氣揣摩得絲絲入扣，可惜多少導錯了方向，低聲說，告訴我能怎麼幫助我的小女兒，我長大的小女兒，妳眞希望我這樣子說話？妳不覺得這樣子好像把妳當成了小寶寶？

所以黎恩在高一的那年暑假，受刺激的青春期前身體變成了不受外界刺激、相當驚人的女人軀體，說不定是一種自衛的機制。我覺得這種以泡沫爲底的優雅反應十分高明；我自己都沒辦法說得那麼好。

艾德也建議我們可以從共同監護權開始，所以黎恩就開始很不甘願的每週有兩晚睡在家裡。沒有她的夜晚我實在不知道如何打發。我不習慣獨眠，雖然說我早已經不再交男朋友了。第一個晚上我通常都會打掃，可是第二晚我就空轉了。過了一陣子，我學會了放慢打掃的速度，分攤成兩個晚上，這麼一來晚上過得倒也還算愉快。而黎恩也總是準時打電話來。

媽跟璜出去了。爸在車庫裡打手機。

那妳在幹嘛？

不知道。我可能會打電話給凱文，要他過來舔我。

黎恩。

欸，我今天跟他說話了。

妳才沒有。

有，專題課上。

是怎麼回事？

他說——

是他主動的？那很好啊。

我知道。

好，繼續。

他說，我敢說妳已經一整本都看完了——

——《我的安東妮亞》（註9）？

對。然後我說，沒有，昨天晚上的範圍我還沒看完。就這樣。

很好。他覺得妳很聰明。

我知道。我現在要一面想他一面自慰。

好吧，請便。

我是開玩笑的啦！如果是眞的，我才不會跟妳說咧。

等到我在販子喬雜貨店遇見艾德．波格，黎恩已經是一週只有一半的時間住在我家了。我跟艾德手上拿著麵包，談論的就是這件事。他覺得這是很大的進步。我說我們大家都得感謝他。他說他的麵包總是在吃完之前就發霉了。我說他應該把麵包冷凍起來。他說，那麵包不就不好吃了嗎？我說，拿來做吐司就不會。他說，可以直接拿冷凍的來烤嗎？我說，對。

我們把雜貨各自放進汽車裡，推測在那些易腐壞的東西腐壞之前，我們還有四十分鐘的時間，夠喝杯茶了。

從前還在做諮商的那段日子，我習慣做白日夢，要是艾德只想聽我怎麼想，要是家裡其他的人都不准進辦公室，要是我滔滔不絕說下去，要是我說完了而艾德告訴我我是天才，其他的人都少根筋，要是艾德說他一直覺得我很有魅力，要是他脫掉我的衣服，而我脫掉他的衣服，而我們兩個餘生就這麼擁著彼此。我得承認，在我們小口啜飲時，我的心底是存在著最後這個想法的。但我們談的多半是黎恩。

註9：美國小說家Willa Cather（1876~1974）之作品。

我覺得將來她會是個很棒的女人。

她差不多已經是了！她已經長大很多了。

變高了嗎？

對，而且發育得很好。

發育得很好。

是啊，過敏好像也因此而改善了。你覺得可能嗎？從醫學的角度來看？

欸，從醫學上說，什麼可能都有。

我也這麼覺得。

怎麼說？

什麼都有可能。

也不是什麼都有可能。豬就不會飛啊。

對，可是不知怎麼，跟你坐在這裡，我覺得可以。

可以怎樣？

飛啊。

喔。

對不起，我是不是很無厘頭？

沒有，沒有。

艾德．波格把他的優格放進了我的冰箱，要我別忘了在他離開時提醒他。黎恩在她父母家裡，但她的衣服卻丟得滿床鋪都是。我把衣服拾起來，放進了衣櫃。我打開電燈，我們並沒有脫掉彼此的衣服，是各自脫掉衣服。什麼都還沒做之前，艾德問他是否可以哭，我說，所請照准，然後他把臉埋進我胸脯裡，呻吟起來。等他哭完，我注意到他的臉並沒有濕。

那是因爲我的眼淚是乾的。

喔，眞有這種說法嗎？乾的眼淚？

欸，我有個理論，男人其實哭的不比女人少，只不過哭法不一樣。因爲我們從沒見過自己的父親哭，我們不得不研發出自己獨特的技巧。

我爸就會哭。

眞的？濕濕的眼淚？

對。每一次都是。

有沒有可能是因爲他爸爸也會哭？所以他的兒子才學到了？

有可能，可是也因爲我媽的外遇長達十六年。

我到浴室去，清洗陰部，做事前準備。我回房之前停在走道上；我能看見他在我的四方大床上，兇狠地瞪著檯燈，正用雙手輕撫陽具，讓它勃起。很難忘記他坐在辦公室椅子上，觀察、頷首，發出難得聽見的低笑聲。我當下就在陰暗的走道上決定了，決定我要。如果你願意一輩子當我的男人，我會當你的女人，艾德·波格。他猛然停止了劇烈的手上動作，直接轉頭看著陰影中的我。彷彿聽見了我的話，彷彿是在回應我的誓言。我揮手。但是他看的不是我，他看的是我背後。我尚未轉身就知道是黎恩。

這一刻之後緊接著四次極難受的互動，第五次是開車到她父母家途中。黎恩不願坐乘客座。

我爲什麼要？

因爲妳坐後面我會覺得像司機。

妳本來就是司機啊。

黎恩。

怎樣啦？妳本來就是保母兼司機啊，我爸媽不就是爲這個付錢給妳的嗎？

妳明知道他們沒有付錢給我。

那是妳的問題，不是我的。

黎恩，我們是一家人。

才不是，妳跟我們根本沒有關係，妳只是一個幫忙我們的人，就跟艾德幫忙我們一樣。你們兩個會有一腿還眞是完美。所有花錢請來的人都應該要一塊睡。我贊成。我們大家都贊成。

請妳不要跟莎拉、湯姆說。

喔。

喔，不說，還是喔，要說？

喔就喔。

但她沒說。她也不再在我家過夜了。她把我當成是她父母的朋友，帶著她的男朋友從我們三人面前跑開，一邊大喊，拜了，隨手一揮。這項改變掩埋在其他的改變中，學習駕車，總是冷嘲熱諷，女性主義。湯姆和莎拉跟我保證她也是一樣冷落他們，我們三個的處境相同，都在原來的那條船上。可是我知道我把這所謂的獨立自主都怪罪到自己頭上；都要怪那一刻。愧疚排山倒海襲來；是那種我眞該找心理醫師談談的問題。有時我會想打電話給艾德，畢竟他是專業人士。可是在這件事上他夠客觀嗎？只怕未必。我越是思索這種不客觀，就越想要打電話。

波格醫師。

嗨，艾德，我是小黛。

小黛，嗨。

嗯，我們有一陣子沒聯絡了。

妳有什麼事？

唔，那天之後你都沒打電話給我。

我覺得發生了那樣的情況之後不適合談男女關係。

黎恩現在不在我家過夜了，所以她根本不會知道。

妳想念她嗎？

當然了。

所以其實並不是因爲我，是不是？

不，多少算是，你也有分。

小黛？

嗄？

我討厭這麼說，可是我得下班以後再打給妳。妳要我打電話給妳嗎？

你想打嗎？

妳要我打我就打。

可是如果我不要你打，那你就毫無異議接受嗎？

我覺得我們最好還是算了。

時間就這麼過去了，一點也不優雅，也不顧我的反對。我和湯姆、莎拉變成了節慶才見面：我受邀參加黎恩的高中畢業典禮，慶祝湯姆的生日，共進感恩節和聖誕節晚餐。黎恩去念大學了，沒回家過聖誕節，但是從奧卡納干的英屬哥倫比亞大學寄給我們三人大學運動衫。我沒想到她竟走得那麼快、那麼遠；誰會到加拿大去念大學？因爲經濟因素，她回家來過暑假，住在家裡，在一家由女同志出資經營的有機農產店找到工作。我其實不需要那麼常去那兒購物，可是我不問她是否想念我，我不想復合，談話都很隨意。

這裡有土星桃子，眞棒。

別謝我；又不是我的土星桃子。

可是理論上來說，是妳的啊。這地方的員工不也是老闆嗎？

是啊，可是起碼得在這裡做滿一個夏天，還有，舔經理的爛瘡之類的。妳要不要袋子？

我加入了PFLAG，亦即男女同志的父母朋友協會。我購買由女同志執筆，爲女同志以及詫異卻支持她們的父母而寫的書。黎恩回學校後，我想像她坐在宿舍裡，一手攬著一名年輕女郎的腰，說不定是個男性化的年輕女人。我讀過女同志的性別機能，很肯定黎恩是女性角色。我不禁納悶湯姆和莎拉是否知道黎恩的傾向；我猜他們不知道，因爲他們仍然是各忙各的事。他們也許鬼混得比較少，可是苦澀卻取代了狂熱；往日反倒可算是無憂無慮。到了十二月，湯姆打電話來邀我去過聖誕節。

黎恩也會在，她要回來。

喔，好。

而且她交了新男朋友，等妳看到他，一定會大發雷霆。

我退出了PFLAG，往後幾天過的是淚汪汪的滿腹狐疑的日子。我對她一無所知。眞的都過去了，我眞的不是她的母親。我眞的年近半百了。我眞的對目前的生活一點也不滿意，而我眞的也無計可施。不知怎地，失去了女同性戀活動、男性化的女朋友、容忍的需要，這些比在多年之前失去黎恩還要更難受。也說不定我是又重溫一次從前的失落，只是換了個方式。

我遲到了。黎恩不在；湯姆和莎拉說她會在上甜點之前出現。我跟他們其他的朋友閒聊，有些還是我在大學認識的。他們對黎恩的漠不關心讓我驚訝。有一個男的還以爲她在念高中。大家都坐下來準備用餐，門鈴響了。有個穿蓬鬆鴨絨夾克的人跌跌撞撞進來，解開了圍巾。是艾德．波格。他揮手，說，嗨，你們好。接著他說，黎恩就來了，她在打電話。

我沒聽見這句話，因爲我愣愣盯著艾德的襯衫。那是一種很特別的時髦長襯衫，六○年代的復古樣式，稍微修改了幾處，迎合現在那些對六○年代一無所悉的人。而問題就出在這兒，因爲艾德．波格理當會記得六〇年代，他會記得那時他是青少年，他會盡量避穿這種襯衫，因爲穿在他身上不叫復古，反而會讓他想起尚未獲得身分地位之前的那段時光。所以必定是別人買來送給他的，一個不記得六〇年代的人。我的思緒因爲黎恩進門而中斷，她一邊打招呼，一面溫柔地揉搓艾德的背。湯姆爲艾德倒了杯酒。

家庭諮詢的生意如何啊？

沒得抱怨，湯姆。

我們默然而坐，我們這些認識艾德的人，以及那些察覺到氣氛詭異的人。

看來你眞的是沒什麼好抱怨的，是唄？

我們吃砂鍋地瓜，吃扇貝馬鈴薯，吃烤火腿。

你這話是什麼意思，湯姆？

艾德一手覆住了黎恩的手；我們都從艾德看到湯姆。湯姆盯著黎恩；我們大家都是。她目不轉睛看著莎拉，莎拉緩緩抬頭，注視女兒。這時，黎恩漫不經心地把手從艾德的手下抽出來，把馬鈴薯遞給我，但我並沒請她傳過來。我接過來，她並沒放手，於是我們就這麼相持不下一會兒，馬鈴薯碗就懸在她父母的餐桌上空。我緩緩把視線從馬鈴薯碗上移開，移到她的上衣前襟，移向她的眼睛。我是怕會看見什麼？蔑視和吹噓？狡詐？羞恥？她的眼中閃爍著舊時的愛，我一生中最偉大的愛。並且還帶著勝利。

國家圖書館出版品預行編目資料

非你莫屬 / 米蘭達・裘麗著；九九・趙丕慧
譯.——初版——臺北市：大田，民98.08
面；公分.——（智慧田；089）
譯自：No one belongs here more than you
ISBN 978-986-179-134-0（平裝）
874.57 98009421

智慧田 089

非你莫屬

作者：米蘭達・裘麗
譯者：九九・趙丕慧

發行人：吳怡芬
出版者：大田出版有限公司
台北市106羅斯福路二段95號4樓之3
E-mail:titan3@ms22.hinet.net
http://www.titan3.com.tw
編輯部專線（02）23696315
傳眞（02）23691275
【如果您對本書或本出版公司有任何意見，歡迎來電】
行政院新聞局版台業字第397號
法律顧問：甘龍強律師

總編輯：莊培園
主編：蔡鳳儀　編輯：蔡曉玲
企劃行銷：蔡雨蓁　網路行銷：陳詩韻
校對：蘇淑惠 / 謝惠鈴
承製：知己圖書股份有限公司・04-23581803
初版：2009年（民98）八月三十日
定價：新台幣 240 元

總經銷：知己圖書股份有限公司
（台北公司）台北市106羅斯福路二段95號4樓之3
電話：（02）23672044・23672047・傳眞：（02）23635741
郵政劃撥：15060393
（台中公司）台中市407工業30路1號
電話：（04）23595819・傳眞：（04）23595493

國際書碼：ISBN 978-986-179-134-0 / CIP: 874.57 / 98009421
Printed in Taiwan

廣告回郵
北區郵政管理局登記證北台字1764號
免貼郵票

To：大田出版有限公司　編輯部收

地址：台北市106羅斯福路二段95號4樓之3
電話：(02) 23696315-6　傳真：(02) 23691275
E-mail：titan3@ms22.hinet.net

※請沿虛線剪下，對摺裝訂寄回，謝謝！

From：地址：......................................

姓名：......................................

大田精美小禮物等著你！

只要在回函卡背面留下正確的姓名、E-mail和聯絡地址，
並寄回大田出版社，
你有機會得到大田精美的小禮物！
得獎名單每雙月10日，
將公布於大田出版會員討論區與「編輯病」部落格，
請密切注意！

大田會員討論區：http://discuz.titan3.com.tw/index.php
大田編輯病部落格：http://titan3.pixnet.net/blog/

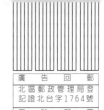

閱讀是享樂的原貌，閱讀是隨時隨地可以展開的精神冒險。

因爲你發現了這本書，所以你閱讀了。我們相信你，肯定有許多想法、感受！

※請沿虛線剪下，對摺裝訂寄回，謝謝！

讀 者 回 函

你可能是各種年齡、各種職業、各種學校、各種收入的代表，

這些社會身分雖然不重要，但是，我們希望在下一本書中也能找到你。

名字／＿＿＿＿＿＿＿ 性別／□女 □男　出生／＿＿＿年＿＿＿月＿＿＿日

教育程度／＿＿＿＿＿＿＿＿＿＿

職業：□ 學生　□ 教師　□ 內勤職員　□ 家庭主婦

□ SOHO族　□ 企業主管　□ 服務業　□ 製造業

□ 醫藥護理　□ 軍警　□ 資訊業　□ 銷售業務

□ 其他＿＿＿＿＿＿＿＿＿　＿＿＿＿＿＿＿＿＿＿

E-mail/＿＿＿＿＿＿＿＿＿＿＿＿＿＿＿電話/

聯絡地址:＿＿＿＿＿＿＿＿＿＿＿＿＿＿＿＿＿＿＿＿＿

你如何發現這本書的？　書名：非你莫屬

□書店閒逛時＿＿＿＿＿書店 □不小心在網路書站看到（哪一家網路書店？）＿＿＿＿＿

□朋友的男朋友（女朋友）灑狗血推薦 □大田電子報或網站

□部落格版主推薦＿＿＿＿＿＿＿＿＿＿＿＿＿＿＿＿

□其他各種可能 ，是編輯沒想到的＿＿＿＿＿＿＿＿＿＿＿＿

你或許常常愛上新的咖啡廣告、新的偶像明星、新的衣服、新的香水……

但是，你怎麼愛上一本新書的？

□我覺得還滿便宜的啦！ □我被內容感動 □我對本書作者的作品有蒐集癖

□我最喜歡有贈品的書 □老實講「貴出版社」的整體包裝還滿合我意的 □以上皆非

□可能還有其他說法，請告訴我們你的說法

＿＿＿＿＿＿＿＿＿＿＿＿＿＿＿＿＿＿＿＿＿＿＿＿＿＿＿＿＿＿

你一定有不同凡響的閱讀嗜好，請告訴我們：

□ 哲學　□ 心理學　□ 宗教　□ 自然生態　□ 流行趨勢　□ 醫療保健

□ 財經企管　□ 史地　□ 傳記　□ 文學　□ 散文　□ 原住民

□ 小說　□ 親子叢書　□ 休閒旅遊　□ 其他＿＿＿＿＿＿＿＿＿＿＿＿

一切的對談，都希望能夠彼此了解，

非常希望你願意將任何意見告訴我們：

大田出版有限公司編輯部 感謝您！